이세계에서 스킬을 해체했더니

치트급 아내가

증식 했 습 니 다

개념 교차의
스트럭처

센게츠 사카키 지음 | 토자이 일러스트

Contents

제1화 「전이마법으로 편하게 다녀온 여행과 리타의 비밀 계획」

클로디아 공주가 벌인 사건이 끝나고 가라앉은 후.

우리는 두 번째 '사원 여행'을 떠나기로 했다.

목적지는 지난번과 마찬가지로 '휴양지 미슈릴라'다. 이번에는 '전이 아티팩트'도 시험 가동해 볼 작정이다.

핀이 지배하고 있는『전이 아뮬렛』을 사용하면 도시와 도시 사이를 순식간에 이동할 수가 있다.

우선 여행을 나서기 전에 핀에게 저택 바닥에『전이 마법진』을 그려 달라고 했다.

그리고 나서 아이네, 레티시아, 커틀러스가 '휴양지 미슈릴라'로 출발한다.

맞은편에 도착하면 그곳에서 또 다른『전이 마법진』을 그릴 예정. 준비가 다 되는대로 우리도 이쪽 마법진을 타고서 전이할 작정이다.

사실 다 함께 가면 좋았겠지만…….

"죄송합니다. 저, 이리스는 '차기 영주 소개 파티'의 성공으로 과도하게 들뜬 아버지를 진정시키고서 갈게요."

"저도 이리스 님을 돕겠습니다. 먼저 가주세요."

이리스와 라필리아는 조금 늦게 오기로 했다.

『전이 아티팩트』를 시험 가동해 보기로 한 이유는 바로 그 때문이다.

그 도구를 사용하면 두 사람이 금세 합류할 수 있을 테니까.

그리하여 저택에 남은 나와 세실, 리타는 여행 준비를 시작…….

아이네 일행이 떠난 지 며칠 뒤에 드디어 『전이 마법진』이 빛나기 시작했다.

"나기 님! 『전이 마법진』이 빛나고 있어요.

그날 오후, 세실이 방 문을 두드렸다.

"그럼 마지막으로 집안을 점검하도록 하자. 불단속도 하고, 잊어버린 물건이 있는지도 확인하고."

"알겠습니다. 나기 님!"

"잘 알겠어!"

나와 세실, 리타가 각자 분담하여 불단속과 문단속을 했다.

수도꼭지를 틀어놓지 않았는지도 확인했다. 창문도 단단히 닫혀 있다. 쉽게 상하는 식재료는 가지고 갈 예정이니 OK.

좋아. 점검 완료.

우리는 짐을 꾸리고서 안쪽 방에 그려져 있는 마법진 위로 이동했다.

지금쯤 휴양지에서 핀이 『전이 아티팩트』를 마지막으로 점검하고 있겠지.

"근데 리타 씨. 몸 상태는 괜찮은가요?"

불현듯 세실이 리타를 보고 말했다.

"몸 상태?"

"예. 이제부터 리타 씨의 몸이 조금 힘들어질지도 몰라요."

"이제부터라면 여행 기간 동안에?"

"그래요. 마음의 준비를 단단히 해두는 편이 좋을 거예요."

"여행 기간 동안에 내 몸이 힘들어진다……, 마음의 준비……."

리타가 중얼거리다가 얼굴이 화악 새빨개졌다.

"세, 세실 짱?! 나, 나기 앞에서 무슨 소리야?!"

"……? 리타 씨?"

"호, 혼약(魂約) 때랑은 다른데? 말도 안 돼. 내가 나기랑…… 세실 짱처럼…… 한다니…… 싫지는 않지만…… 저기…… 난……."

"리타 씨……?"

세실이 리타의 얼굴을 정면에서 물끄러미 쳐다봤다.

역시나 그녀의 얼굴도 새빨개지더니…….

"아, 아니에요, 아니에요! 그게 아니고요!!"

"그게 아니면 대체 뭐야아아아?!"

"전이 마법은 평형감각이 예리한 사람을 힘들게 해요. 전이할 때 상하좌우가 뒤바뀌니까요! 그래서 수인인 리타 씨 크게 애먹을 수도 있다는 의미라고요! 리, 리타 씨, 대체 무슨 착각을 하신 거예요!"

"후, 후에에에에에에에엥?!"

팔락팔락.

펄럭펄럭.

세실과 리타가 새빨개진 얼굴로 두 손을 마구 휘저었다.

"둘 다, 왜 그래?"

"아, 아무것도 아닙니다, 나기 님!"

"마, 맞아. 나, 밝히는 애가 아닌걸! 이상한 상상하지 않은걸!"

"……으음."

뭐지? 파고들면 위험할 것 같은 기분이 든다. 여행을 앞두고 있기도 하고.

세실과 리타가 손과 고개를 붕붕붕 저으면서 필사적으로 무언가를 떨쳐 내려고 했다. 그냥 모르는 척 넘어가는 편이 나으려나?

"……그럼 갈까?"

"그, 그래야죠. 마법진의 빛도 강해졌어요! 리타 씨, 몸 상태는 괜찮죠? 평형감각이 이상해질 텐데 괜찮겠죠? 그런 의미에서 마음의 준비를 단단히 해둔 거 맞죠?!"

"물론. 그런 의미에서 마음의 준비를 단단히 해뒀어. 어서 휴양지로 가자!"

세실과 리타가 내 손을 꽉 쥐었다.

그러는 사이에 마법진의 빛이 차츰 강해지더니 우리의 시야가 새하얗게 물들어…….

나와 세실, 리타는 다른 도시로 전이했다.

─몇 분 뒤─

"나…… 나기…… 눈앞이 빙글빙글 돌아아. 전이는 언제 끝나는 거야……."

"이미 끝났어. 리타, 괜찮아?"

나는 리타의 등을 어루만졌다.

주변 공기가 바뀌었다. 항구도시 이르가파보다 공기가 조금 더 따뜻하고 습하다. 현재 우리가 있는 곳은 작은 벽돌조 방. 휴양지 별장에 있는 창고다. 주변에서 아이네와 레티시아와 커틀러스가 걱정스레 우리를 보고 있었다.

전이 성공. 우리는 무사히 '휴양지 미슈릴라'에 도착했다.

"리타, 정신 차려. 이미 휴양지에 도착했다니까."

"……와우우. 주인님은 어디이?"

"자, 옆에 있잖아."

"……더 꼬옥 끌어안아 줘……."

"이렇게?"

"와우우……."

"에구. 뺨으로 비벼 대면 어떡해."

"……이러면 마음이 차분해지는걸. 나기 옆이 내가 있을 곳인걸. 주인님이 곁에 있는지 확실히 확인해야지. 이것도 노예의 책……무."

리타가 고개를 들었다.

나와 눈을 마주쳤다.

그러고 나서 세실, 아이네, 레티시아, 커틀러스를 순서대로 둘러보더니…….

"여, 역시 핀 쨩의 『전이 아뮬렛』은 굉장하네! 우릴 여기까지 간단히 전이시키다니 대단해~. 역시 나기가 만든 『아티팩트 지배 스킬』은 최고야!"

"……응. 새삼스레 얼버무리려고 해본들 이미 늦은 것 같아."

"와우우."

리타가 귀를 축 늘어뜨리고서 머리를 싸쥐었다. 귀엽다.

"아이네와 레티시아, 커틀러스는 며칠만이네. 그동안 별일은 없었어?"

"전혀 문제없었어요."

"'고블린 로드'를 무찔렀어. 커틀러스 씨가 대활약했어."

"뭐, 커틀러스한테 맡겨두면 문제없죠!"

내가 묻자 레티시아, 아이네, 핀이 대답했다.

"가도에서 '고블린 로드'가 출몰했다고?"

"맞아. 여행자들이 요즘에 이상한 일들이 연달아 벌어지는 것 같다던데……."

'고블린 로드'는 고블린의 최상위종이었지?

보통은 가도에 출몰하는 마물이 아니라고 들었는데.

"……신경이 쓰이네. 이따가 성녀님께도 알려야겠어."

휴양지 미슈릴라 근처에는 성녀 데리릴라 님의 미궁이 있다.

성녀님은 과거에 많은 사람들을 도왔던 분으로, 지금도 고스트로서 존재하고 있다.

일전에 우리가 휴양지에 왔을 때 우연한 계기로 친구가 되어, 그 뒤에는 거대한 마물 '히드라'가 습격해 온 것을 함께 협력하여 쓰러뜨린 적이 있었다.

살짝 외로움을 잘 타고, 상냥한 사람이니 놀러 가면 틀림없이 환영해 줄 거다.

마침 나도 보고하고 싶은 것도 있어서 만나러 가자고 생각하던 차였다.

"자, 리타."

"……으, 응, 나기."

"기분이 나아지거든 식사를 먹자."

나는 리타의 귀를 매만졌다.

"우선 배불리 먹고, 몸이 괜찮아지거든 쇼핑을 하러 나가자. 이 휴양지에서만 잡히는 생선이 있다고 하니 그걸 먹고서 내일 성녀님을 만나러 가는 거야."

"예. 주인님."

"그럼 내일 일정에 관해 의논을 하도록 할까. 차나 느긋하게 마시면서."

나는 리타의 손을 잡아 일으켰다.

"차라면 이미 준비가 되어 있어."

메이드복 차림의 아이네가 손가락 하나를 척 세우고서 말했다.

"역시 아이네, 준비성이 좋네."

"장해?"

"응. 장해."

"그럼 포상이 필요해."

포상?

희한하네. 아이네가 그런 말을 다 하다니.

"좋아. 뭔가 갖고 싶은 거라도 있어?"

"나 군 일행이 성녀 데리릴라 님을 만나러 떠난 동안에 집안

일을 도와줄 사람이 필요해."

"집안일을?"

"그래. 별장을 한동안 비운 터라 자꾸 신경이 쓰여. 소중한 주인님과 노예 동료들이 지저분한 데서 생활하도록 놔둘 수는 없어."

"예. 제가 아이네 씨를 돕도록 할게요."

세실이 손을 척 들었다.

"저도 장래를 위해 아이네 씨한테서 여러모로 배우고 싶은 게 있어서."

"우연이네. 아이네도 세실 짱한테 여러모로 가르쳐 주고 싶은 게 있어."

"마음이 맞았네요."

"죽이 잘 맞네."

짝, 짝짝. 세실과 아이네과 두 손을 맞잡았다.

둘이 그러기로 뜻을 모았으니 놔둘까.

"핀은 『전이 아티팩트』를 사용하느라 마력을 소모했겠지. 푹 쉬도록 해."

"그렇게 하도록 하겠습니다."

핀이 치맛자락을 살짝 들어 올리며 고개를 숙였다.

"커틀러스가 마음껏 싸울 수 있도록 몸을 관리하는 것도 제 역할인걸요."

"그럼 성녀님의 미궁에 가는 인원은 저랑 나기 씨랑 리타 씨겠군요."

레티시아가 말했다.

"저도 성녀 데리릴라 님께 흥미가 있답니다."

"알겠어. 그럼 성녀님을 만나러 갈 때 레티시아도 함께 하자."

이로써 일정이 정해졌다.

이리스와 라필리아가 오기 전에 할 일을 끝내 두도록 하자.

두 사람이 돌아오면 '휴양'에만 전념하고 싶으니까.

—리타 시점—

나기가 말을 마치고 모두가 제각기 할 일을 하러 간 뒤…….

난 줄곧 나기와 세실 짱이 마음이 걸렸어.

왠지 두 사람의 거리가 아주 가까워진 듯한 기분이 들어서.

물리적인 거리가 아니라 마음의 거리라고 해야 하려나.

세실 짱이 유독 나기 곁에서 편안해하는 듯해. 엄청 자연스러운 느낌이 들어. 예전보다 행동이나 호흡 같은 게 척척 맞는 것 같은걸.

두 사람 사이에서 무슨 일이 있었나?

세실 짱이 무척이나 안심하는 것 같은데…….

즉, 세실 짱의 꿈이 이루어졌다는…….

……화악.

"와우와우. 와우──윽!"

나는 방으로 돌아가 무심코 바닥을 데굴데굴, 데굴데굴.

우와~. 상상해 버렸어.

나기랑 세실 짱이 달라붙어 꼬옥 끌어안고서…… 그리고…….

데굴데굴데굴데굴데굴데굴데굴!

안 돼, 안 돼. 바닥을 자꾸 굴러다니면 모두가 알아차릴 거야.

진정하자. 부끄러워할 거 없어. 각오를 굳히자.

게다가 나기랑 세실 짱이 그렇게 되는 건 자연스러운 일인걸.

그래서 나도 세실 짱이 '몸이 힘들 수 있다'고 했을 때 그런 이야기인 줄 착각했는걸. 세실 짱은『혼약』을 한 뒤에 나에게 '리타 씨도 함께 혼약을 하죠!' 하고 말했을 정도니까…….

세실 짱은 대단하네. 나기의 노예가 된 뒤로 줄곧 나기랑 하나가 되어 미래에 핏줄을 남기기를 소망했는걸. 그 꿈을 이뤘으니까.

나도 언젠가 두 사람이 그렇게 되리라 예상했어.

……게다가…… 나도, 나기랑…….

"……우와~왕. 와우우."

문득 정신을 차려보니 베개를 끌어안고서 가장자리를 갉고 있었다. 안 되지, 안 돼, 아이네에게 혼쭐이 나겠어.

나는 뺨을 때려 마음을 다잡고는…….

"…………지금은 내일 일정이 더 중요하지."

일단 미뤄두기로 결정했다.

왜냐면 난 나기의 노예인걸. 주인님이 나에게 함께 '성녀 씨를 방문하러 가자'고 했는걸. 사적인 문제는 뒤로 미뤄둬야만 하는걸.

"⋯⋯⋯⋯하아."

각오가 부족하네.

『능력 재구축』을 통해 나기와 이어졌을 때는 솔직해질 수 있었는데⋯⋯.

"⋯⋯세수나 하고서 마음을 가라앉히자."

그렇게 생각하면서 방을 나섰더니⋯⋯.

"어라? 리타. 마침 잘 됐다."

방 앞 복도에 주인님이 서 있었다.

"뭐, 뭐, 뭐, 뭔가요, 주인니이이이임?!"

"응? 아이네가 뜰을 청소하다가 이상한 걸 발견했어. 함께 살펴보러 갈까 해서."

"이상한 것?"

"세실이 『전언(傳言) 골렘』이래."

『전언 골렘』.

고위 술자가 만들어 낸, 말을 봉해 둔 골렘.

대상의 마력에 반응하여 말을 들려준다.

비밀 메시지 등을 전할 때 자주 쓰인다.

"혹시 성녀 데리릴라 님이 보낸 물건?"

"그런 것 같아. 확증은 없지만⋯⋯."

〈하~핫핫핫! 드디어 돌아왔구나! 협잡꾼 주인과 유쾌한 동료 들이여!!〉

거실 쪽에서 성녀님의 목소리가 들렸다.
““………….””
세실 짱, 무심코 기동시켰나?

〈성녀 데리릴라 씨가 그대들한테 맡길 일이 있어. 소재 채집 이야. 골렘을 만들 때 쓰이는 소재인『마력 수정』이 다 떨어졌거 든. 그대들이 채집해 왔으면 좋겠어. 물론 보수는 지불할 거야. 여기에 올 일이 있으면 데리릴라 씨의 미궁을 방문해 줘!〉

『전언 골렘』이 성녀님의 목소리로 그렇게 말하고 멈춰 버렸다.

“……성녀님의 의뢰라.”
메시지를 듣고서 나기가 머리를 긁적거렸다.
“소재 채집 정도는 별일 아니니 도와줘도 되겠지. 나도 의논 하고 싶은 게 있기도 하고.”
“가도에 출몰했다는 마물?”
“그것도 있지만,『천룡의 가호』에 관해서도 이야기를 해둘 필 요가 있어.”
나기 좀 봐, 즐거워 보여.
성녀님은 별난 사람이긴 하지만, 우리의 소중한 친구인걸.

"나, 따라갈 거다? 성녀님의 동굴까지 가는 동안에 호위가 필요하잖아?"

"괜찮겠어? 전이하느라 피곤하잖아? 쉬어도 되는데?"

"……내가 없는 먼 곳에서 나기가 위험한 꼴을 당하는 건 이제 넌더리가 나는걸."

무심코 등골이 오싹해졌다. 귀와 꼬리가 떨리는 게 느껴졌다.

지난번에 나기와 커틀러스 짱과 레티시아 님이 납치됐을 때 눈앞이 캄캄해졌어. 나기에게 무슨 변고라도…… 벌어졌을까 봐 아무 생각도 할 수가 없었다. 아이네가 만류하지 않았더라면 모두를 내버려 두고서 『완전 짐승화(비스트 모드)』를 발동하여 뛰쳐나갔을 거야.

내가 없는 곳에서 나기가 험한 꼴을 당했을까 봐 굉장히 무서웠다.

어째서 그의 방패가 되어주지 못했을까……. 몸의 떨림이 그치질 않았어.

그런 경험을 또 겪는 건 질색이거든.

"부탁해. 날 데려가 주세요……. 주인님."

"알겠어. 부탁할게, 리타."

나기……, 주인님의 손이 내 귀를 어루만졌다.

내가 가장 바라는 방식으로.

"성녀님의 거처까지 날 호위해 줘. 그리고 걱정 끼쳐서 미안."

"따, 딱히…… 별것도 아닌걸."

얼굴이, 뜨겁다.

나기도 마찬가지인가 보다. 조금 겸연쩍어하는 것 같았거든.

그 뒤에 우리는 자연스럽게 서로를 마주한 채 한바탕 웃고는…….

둘이 함께 모두가 있는 거실로 향했다.

제2화 「세실의 마음과 레티시아의 도전」

―세실 시점―

나기 님과 리타 씨와 레티시아 님이 출타하는 걸 배웅하고서 저는 다시 청소 업무에 복귀했습니다.

오늘은 셋이서 성녀님의 동굴에 간다고 합니다.

멀어져가는 나기 님의 등을 바라보면서…… 저는.

……화악.

"……와앗. 와아아아아아앗."

아, 안 됩니다.

나기 님을 생각했더니 얼굴이 새빨개졌습니다.

요전에 저와 나기 님이 처음으로 맺어졌던 그 당시가 머릿속에 떠올라서…….

어떤 식으로…… 나기 님께서…… 해주셨는지를.

제가 힘들어하지 않도록 나기 님께서…… 제 모든 것을 『모니터』하면서…… 해주셨음을. 몸도…… 말도…… 마음도, 목소리도 무엇 하나 숨기지 못했음을.

제, 제가…… 창피한 목소리를 내면서…… 나기 님에게 매달렸음을.

나기 님께서 제가 아파하지 않도록…… 줄곧 '행복'을 느낄 수 있도록 배려해 주셨음을. 그 덕분에 저는…… 저는.

"……푸슈우."

"와앗. 세실 짱, 괜찮아?"

"괘, 괜찮, 습니다."

제가 복도에 주저앉자 아이네 씨가 말을 걸어 줬습니다.

그러고 보니 그때 아이네 씨는 나기 님과 제가 단둘이 있을 수 있도록 마음을 써주셨습니다.

아이네 씨도 나기 님을 좋아할 텐데.

틀림없이 아이네 씨도 저와 똑같은 것을 바라고 있을…… 텐데.

리타 씨도 그렇습니다.

출타하기 전에 리타 씨가 저를 여러 번 쳐다봤습니다. 얼굴이, 빨갰습니다.

아마도 나기 님과 제가 했던 행위를…… 알아차린 것 같습니다. 리타 씨는 인기척을 잘 감지해 내는 달인이니까.

……저 혼자만 이렇게 행복을 누려도 되는 걸까요?

"아이네 씨, 아이네 씨."

"세실 짱, 왜 그래?"

저는 말을 하려다가 도중에 멈췄습니다.

전 대체 무엇을 물어보려고 했던 걸까요? 아이네 씨는 나기 님의 아기를 원하나요? ……하고 물어보려고 했던 걸까요? 너무 부끄러워서 차마 그렇게는 물어볼 수가 없었습니다.

"아이네 씨는 장래를 생각하고 있나요?"

"응. 아이네는 수많은 자식들한테 둘러싸여 사는 게 꿈이야."

"아이를 많이 갖고 싶은가요?"

"아이네의 아이만이라고 한정짓지·않았어."

아이네 씨가 그렇게 말하고서 기원하듯 두 손을 모았습니다.

"아이네는 부모님을 여읜 뒤 할아버지와 동생 나이어스를 잃고서 몹시 적적했어. 그래서 가족이 많았으면 좋겠어. 설령 그게 내 자식이든 아니든 상관없어. 왜냐면 우리 파티의 일원들은 이미 가족이니 모두의 자식은 아이네한테도 친자식이나 다름없으니까."

"······아이네 씨."

"세실 짱은 장래를 어떻게 생각하고 있니?"

"전······."

저는 마족의 마지막 생존자입니다. 그리고 나기 님을 사랑하고 있습니다.

나기 님의 자식을 줄곧 갖고 싶었습니다.

처음에는 나기 님과 함께 마족의 핏줄을 미래에 잇기 위해서였습니다. 그러나 지금은 그저 순수하게 나기 님의 자식을 갖고 싶습니다. 그 이유는 오로지 나기 님을 사랑하기 때문입니다.

그런 제가······ 장래를 생각해 본다면······.

현재 저는 나기 님을 비롯해······ 리타 씨, 아이네 씨, 이리스 씨에다가 라필리아 씨, 커틀러스 씨, 레티시아 님까지 좋아하는 사람들과 함께 살고 있어서······ 굉장히 행복합니다.

그런 제가 바라는 것은······.

"새로운 마족 가족의 형태를 만들어 보고 싶습니다."

"새로운 마족 가족의 형태?"

"마족의 피를 이어받은 아이들한테 수많은 가족들을 선사해 주고 싶습니다. 혈족의 피보다도 더 중요한 것······, 사람을 사랑하는 마음으로 이어진 가족을…… 그러니까…… 으음, 표현을 잘 못하겠는데…….”

“응. 알겠어.”

아이네 씨가 선뜻 고개를 끄덕였습니다. 대단해요.

“그건 분명 아이네가 바라는 것과 같을 테니까.”

“그런가요?”

“응. 그래서 아이네는 세실 짱과 나 군이 이어져서 기뻐.”

역시 우리 파티의 언니답습니다.

제 생각 따윈 손바닥 보듯 헤아리고 있습니다.

“나 군도 틀림없이 가족이 늘어나는 걸 기뻐해 줄 거야.”

“예. 물론입니다.”

예전에 나기 님께서 약속해 주셨습니다.

아이를 갖고 싶다는 제 바람을 이뤄 주겠노라고. 다만 생활비가 걱정이 되니 제대로 준비하고 싶다고……. 그렇게, 말씀해 주셨으니까요.

“게다가 우리한테는 이미 자식이 있죠.”

“시로 짱을 말하는 거니?”

“예. 아직, 태어나지는 않았지만 우리의 소중한 가족이에요.”

“시로 짱, 어서 부화해 줬으면 좋으련만.”

“그러게요.”

‘천룡 브란샤르카’의 유생체인 시로 씨는 현재 알 속에 있는 상태로 『천룡의 팔찌』로 변해 있습니다.

임시로 태어났을 때 그 모습이 굉장히 천진난만하고 귀여웠습니다.

자그마한 시로 씨를 바라보던 나기 님의 눈빛은 대단히 부드러웠습니다.

그래요. 제 자식만 생각해서는 안 됩니다. 시로 씨도 소중한 가족이니까요. 되도록 한시라도 빨리 이 세상에서 맞이해 주고 싶습니다.

"나기 씨가 돌아오거든 시로 씨에 관해 의논해 볼게요."

그리고 리타 씨에게도 정식으로 나기 님과의 사이에서 어떤 일이 있었는지 설명하겠어요.

리타 씨도 아마도 나기 님과 그렇게 되기를 바라고 있을 겁니다.

"……게다가…… 저 혼자만…… 행복을 누리는 건…… 불공평하니까."

청소를 하면서 저…… 세실 파롯은 그런 생각을 했습니다.

—나기 시점, 성녀 데리릴라의 동굴 앞—

"위대하신 성녀님께 기원을 드립니다."

동굴 입구에서 레티시아가 무릎을 꿇었다.

이곳은 성녀님이 있는 동굴이다.

입구는 바위에 막혀 있다.

그래서 안으로 들어가기 위해서 이렇듯 부르고 있는 것인데…….

"전 레티시아 미르페. 정의의 귀족을 목표로 삼고 있는 자입니다. 부디 성녀 데리릴라 님을 뵐 수 있도록 이 동굴에 들여보

내 주시길…….”

레티시아는 기원하듯 성녀님에게 말을 걸고 있었다.

그러나 반응 없음.

“레티시아의 방식이 조금 딱딱한 것 같은데?”

“……그럼 어떻게 불러내면 되는 거죠?”

“예를 들어…….”

나는 레티시아에게 설명했다.

그러고 나서 나와 리타와 레티시아는 메가폰처럼 손을 입 주위에 모으고는…….

“““데리릴라 씨~! 저희 왔~어~요!!”””

〈친구여. 어서 오너라! 한참을 기다렸다~!!〉

와, 와르륵.

동굴 입구를 막고 있던 바위가 부서졌다.

그 맞은편에는 성녀님이 자랑하는 『작업용 골렘』들이.

가장 뒤에 있는 한 골렘이 작은 여성형 인형을 들고 있었다.

성녀님의 영체가 담겨 있는, 10분의 1 가동형 ‘성녀님’ 피규어다.

〈늦지 않느냐, 나기 군과 그 일행들아! 기다리다가 지쳤잖아!〉

『작업용 골렘』이 쳐든 손바닥 위에서 피규어 크기의 성녀님이 가슴을 활짝 폈다.

“저것이…… 성녀 데리릴라 님의 모습이군요…….”

레티시아가 무릎을 꿇고서 성녀님에게 머리를 조아렸다.

"전 나기 씨의 친구인 레티시아 미르페라고 합니다. 위대하신 성녀님을 뵙게 되어 영광입니다. 정의의 귀족을 목표로 삼은 자로서 성녀님을 동경하고 있는지라……."

〈응. 만나서 반갑구나!〉

성녀님이 눈빛을 반짝였다.

〈그대는 나기 군의 친구렸다? 그렇다면 모처럼 왔으니 여기서 놀지 않겠어?〉

"…………예?"

레티시아의 눈이 점이 되었다.

그녀는 나를 보고서 잠시 생각했다.

"그렇다면 나기 씨처럼 미궁 공략 시련을 받고 싶습니다만."

〈그대는 정말이지 착한 아이로구나!〉

성녀님이 레티시아의 손을 잡았다.

〈때마침 새롭게『소수인원용 미궁』을 제작한 참이야!〉

"참 멋지네요!"

〈예전에 귀족 파티가 도전을 해왔을 때 바위산을 망친 적이 있었거든. 혼자서 도전한다면 그런 일도 벌어지지 않을 거 아니겠어? 그래서 소수인원용 코스를 제작해 봤어.〉

"그런 일이 있었나요……?"

그런 일도 있었더랬지.

바위산에서 히드라가 튀어나와서 도시를 습격했다는 농담 같은 이야기다.

"그래서 그 히드라를 쓰러뜨린 존재가 '천룡님(가칭)'이었단 말이죠?"

〈그렇지. 위대하신 '천룡(가칭)'이 고열량 브레스를 쏴서 히드라를 두 동강을 내버렸지.〉

"〈(물끄러~미)〉"

……둘 다 왜 이쪽을 보고 있는 거지?

그보다도 성녀님도 공범이잖아요. 그때 가장 신나게 거들었으면서.

〈그래서 뭐, 기분전환을 할 겸 신작 던전을 만들어 본 거야.〉

"역시 성녀님이시네요."

〈게다가 던전을 늘 새롭게 고치지 않으면 금세, 사기 스킬을 지닌 사람들이 공략해 버리니 말이지.〉

"상식을 초월하는 분들이 도전한다면 어쩔 수 없겠죠."

"〈(물끄러~미)〉"

그러니까 둘 다 도끼눈으로 나를 보지 말래도.

레티시아와 성녀님이 완전히 의기투합했다.

'정의의 귀족'을 목표로 삼고 있는 레티시아는 평소부터 성녀님을 동경해 왔고, 성녀님은 성녀님대로 진지한 레티시아가 마음에 든 모양이다.

"그렇다면 부디 제가 『성녀님의 미궁』을 도전할 수 있게 해주세요."

〈오냐! 데리릴라 씨는 그대 같은 도전자를 기다리고 있었다!!〉

레티시아와 성녀님이 손을 맞잡았다.

미궁 공략은 좋지만…… 레티시아를 혼자 보내는 건 걱정인데.

"리타, 따라가 줄래?"

"예~. 주인님."

〈후훗. 수인 리타 군. 얕잡아 보지 말아 주겠어. 새로워진 데리릴라 씨의 미궁은 여간 어려운 게 아니니까.〉

"열심히 하겠습니다. 가죠, 레티시아 님."

"예. 성녀님, 그럼 다녀오겠어요."

리타와 레티시아가 손을 흔들고서 동굴 안으로 달려갔다.

"그러고 보니 성녀님과 의논하고 싶은 게 있어요."

두 사람을 보내고 나서 나는 성녀님에게 말했다.

"소재를 모아오라는 의뢰는 받도록 하죠. 그 대신에 성녀님의 칭호를 조금 바꾸고 싶습니다."

〈……무슨?〉

"성녀님의 이름을 '천룡의 성녀 데리릴라'로 살짝 바꾸는 게 어떨까요?"

〈내가 뜬금없이 초월적인 존재가 됐다?!〉

성녀님이 까무러치게 놀랐다.

너무 뜬금없었나? 조금 더 차근차근 설명하도록 하자.

"실은 요전에 저와 동료들이 납치당한 적이 있었는데……."

나는 설명하기 시작했다.

나와 레티시아와 커틀러스가 수수께끼의 소녀에게 납치를 당했다.

그 소녀는 귀족에게 수상한 아이템을 팔고 있었다. 배후에 왕가의 공주가 있었다.

그러한 자들이 준동하지 못하도록 억제하기 위해 『천룡의 가호』를 떠올려 냈다.

구체적으로 '항구도시 이르가파', '날개의 도시 샤르카', '휴양지 미슈릴라'를 천룡이 은근히 지키고 있으니 그 도시를 공격하려고 하면 벌을 받는다……는 소문을 퍼뜨렸다.

"히드라를 퇴치했을 때 성녀님이 천룡을 불러낸 것 같은 느낌을 풍겼잖아요? 그러니 말을 미리 맞춰 두려고요."

〈재미난 생각을 다 했구나. 역시 나기 군.〉

성녀님이 생긋 웃었다.

〈요컨대 사람의 마음속에 '천룡(가칭)'을 만들어서 귀족이 폭주하는 것을 막자는 거로구나. 괜찮네. 데리릴라 씨는 그런 거 좋아해.〉

"협력해 주시겠어요?"

〈그전에 하나 알려줬으면 좋겠는데. 이 계획에서 그대는 뭘 얻는 건가? 혹시 '천룡의 대행자'로서 어둠의 권력자가 될 작정이더냐?〉

"설마요. 그런 게 될 바에야 차라리 무인도로 도망칠 거예요."

〈후훗. 그럴 줄 알았지. 그대는 그런 아이였지.〉

"전 다 함께 유유자적 살아갈 수 있으면 그걸로 족합니다. 『천룡의 가호』가 있다고 퍼뜨려 봤자 통하지 않을 녀석한테는 안 통할 테고요. 다만 제 가족이 살아가는 곳을 망치는 걸 막고 싶어요. 그 목적을 위해서라면 동원할 수 있는 수단은 모조리 다 쓰고 싶다. 그뿐입니다."

〈흐흠, 마음에 들었어.〉

성녀님이 고개를 끄덕였다.

〈좋아. 그대의 그『천룡의 가호』계획에 협력하도록 하지.〉

"감사합니다. 성녀님."

이야기가 잘 끝났다.

"물론 성녀님이 부탁한 일도 수행할 겁니다. 아무런 대가도 없이 부탁만 하는 건 미안하니까."

〈고마워. 그럼 부탁할게. 그대들한테 부탁하고 싶은 건 소재 채집 퀘스트야.〉

「마력 수정 수집 퀘스트」

여기서 북쪽으로 가면 나오는 '밤덩굴의 숲'에서 마력 수정을 채집해 주세요.

숲 근처에는 마물 '숲고블린'의 소굴이 있지만, 그들은 채취만 하면서 살아가는 얌전한 종족이니 습격해오지는 않습니다. 똑똑한 마물이니 사정을 잘 설명하면 괜찮…….

〈……을 것 같긴 하다만.〉

"무슨 일이 있었습니까?"

〈요즘에 마물의 움직임이 수상하다는 소문이 자주 들려서 말이야.〉

성녀님은 턱을 괴고서 두 다리를 흔들고 있었다.

〈그 숲에 사는 마물인 '숲고블린'은 나무 열매가 주식이야. 데리릴라 씨가 아는 한 사람을 습격할 리가 없어. 그런데…… 그 아이들이 공격을 했다는…… 소문이 들려서 말이야.〉

"사람을 습격하지 않는 마물이다 이 말입니까?"

그런 마물도 다 있구나.

우리도 슬라임이나 비룡 가르페와 친구가 되기도 했으니까.

"무해한 마물이 느닷없이 사람을 습격한 전례가 있습니까?"

〈없어.〉

성녀님이 간단히 대답했다.

〈그런 마물들은 자기네들이 얼마나 약한지, 또 인간이 얼마나 강한지 잘 알고 있거든. 그래서 일부로 적을 늘리지는 않아. 누군가한테 조종을 받는다면 또 모르려나?〉

"마물을 조종하는 존재……."

……예를 들어 마왕이라거나?

그러고 보니 이 세계로 소환되었을 때 왕이 '마왕을 쓰러뜨려라' 하고 말했던가?

까맣게 잊고 있었다. 아니, 마왕에 관한 이야기를 거의 들어본 적이 없으니까.

지금껏 사악한 귀족이나 용사하고만 싸워왔고 말이야.

그런데 무해한 마물이 사람을 습격했다면…….

"마물을 조종하는 왕……, 마왕이 실존한다는 말입니까?"

〈마왕? 그러고 보니 옛날에 왕가 사람이 마왕에 관해 이야기

했던 적이 있었던 것 같기도 한데.〉

내가 말하자 성녀님이 고개를 갸웃거렸다.

"성녀님 시대의 왕가 말입니까?"

〈응. 그리고 마족 아리스티아도 마왕에 관해…… 아니, 그게 아니구나. 선조가 만약의 사태에 대비하고자 유산을 남겼다고 했던가? 미안, 이건 마왕과는 관련이 없……, 었나? 마왕을 대비하기 위한 유산이었다고 했던 것 같기도 한데.〉

"마왕을 대비하기 위한 유산?"

〈응. 선조님이 오래된 피와 힘을 합쳐서 유산을 남겼다……고 했던가? 나중에 한 번 조사해 볼게.〉

"알겠습니다. 뭔가 떠오르는 게 있거든 알려주세요."

나는 말했다.

"저도 채집을 하는 김에 '숲고블린'에 관해서도 조사하도록 할 테니."

〈조심해. 그대들은 소중한 친구들이니 너무 무리하지 않도록.〉

"괜찮아요. '무리'와 '장시간 노동'이란 단어는 저희들의 사전에는 존재하지 않습니다!"

〈단언했어! 대단해!〉

깜짝 놀란 성녀님이 골렘의 손에서 굴러떨어질 뻔……, 위험, 위험.

나는 10분의 1 크기의 성녀님을 받아내어 땅바닥에 천천히 내려놨다.

〈고마워. 그러고 보니 레티시아 군과 리타 군이 고난을 겪고

있지는 않은지 걱정이 되네. 괜찮으려나.〉

성녀님이 니히히, 하고 웃었다.

〈슬슬 『소수인원용 미궁』을 절반쯤 돌파했으려나? 아니, 어려울까~. 꽤 하이 레벨 미궁이니까.〉

"어떤 미궁입니까?"

〈복도에는 날랜 마물이 있고, 끈덕끈덕한 알이 날아드는 함정이 설치된 미궁이야. 그리고 환혹 계열 결계도 쳐져 있어!〉

데리릴라 씨가 가슴을 활짝 폈다.

〈그대들일지라도 이 미궁은 공략하기가 꽤 벅차지 않을까? 떼로 몰려드는 적의 움직임을 봉쇄하는 스킬이나 알을 되받아치는 능력이 없는 한 말이야! 환혹 결계 역시 그리 쉽사리 돌파할 수는 없을걸!〉

"……어쩌지."

""……어쩌면 (좋아?) (좋단 말이야?)""

희미하게 목소리가 들렸다.

나는 통로 쪽을 쳐다봤다.

벽에 구멍이 뚫려 있고, 그 위에는 『소수인원용 미궁, 출구』라고 적혀 있었다.

그곳에서 리타와 레티시아가 이쪽을 쳐다보고 있었다.

굉장히, 거북한 표정을 짓고 있었다.

"……저기, 성녀님."

〈역시나 미궁 레벨을 너무 높였나? 지금부터 한 시간 안에 돌파해 내면 보상을 주기로 할까? 데리릴라 씨가 자신하는 던전을

클리어했으니 말이야. 그 정도는 당연하겠지. 뭐, 불가능하리라 생각하지만!〉

〈……쭉쭉.〉

〈『작업용 골렘』군. 왜 그래? 지금 한참…….〉

『작업용 골렘』이 데리릴라 씨의 옷소매를 잡아당겼다.

성녀님이 옆을 쳐다봤다.

리타와 레티시아와 눈을 마주쳤다.

"대, 대단히 위험한 미궁이었죠? 리타 씨!"

"아, 예. 딱 한 걸음이라도 발을 헛디뎠다면 목숨이 위험할 뻔했습니다! 레티시아 님."

"역시 성녀 데리릴라 님께서 만드신 미궁다웠어요. 차원이 다른 레벨이었죠!!"

"마, 맞아요! 이렇게 위험천만한 미궁은 난생 처음인걸요!!"

〈……우우.〉

그러나 성녀님이 울상을 지었다.

〈……허, 허무하게 클리어해 버렸어……. 열심히 만들었건만. 데리릴라 씨가 최선을 다했는데…….〉

나와 리타, 레티시아는 마치 피규어처럼 생긴 성녀님을 에워싸고서 필사적으로 달랬다.

성녀님은 굉장해. 성녀님은 박식해. 성녀님의 정보는 대단히 요긴하다……고.

〈…………지, 진짜?〉

성녀님의 표정이 조금씩 풀어졌다.

아직 자신감을 완전히 되찾지는 못한 듯하지만……, 성녀님이 박식하고, 성녀님의 정보가 요긴한 것은 사실이다.

성녀님이 알려준 '숲고블린' 정보.

왕가와 '고대 엘프'와 마왕. 마족이 남겼다는 유산에 관한 정보.

그리고…… 어쩌면 이번에 우리는 정말로 마왕과 관련이 있는 어떤 존재와 맞닥뜨리게 될지도 모른다.

그런 생각이 들었다.

제3화 「소재를 채집하러 나갔더니 범행 현장과 맞닥뜨렸습니다」

'밤덩굴의 숲'은 휴양지 미슈릴라의 북쪽에 있다.

데리릴라 씨가 부탁한 『마력 수정』은 숲에서 캐낼 수 있는 광석으로서, 마력을 담아둘 수 있는, 이른바 건전지 같은 성질이 있다고 한다. 오랫동안 안정적으로 사용할 수 있으며 쉽게 열화되지 않는다나?

우리는 효율적으로 채집하기 위해서 파티를 둘로 나누기로 했다.

주위를 경계하다가 마물이 접근해 오면 알려주는 '색적조.'

나와 리타와 커틀러스가 담당하기로 했다.

나머지 하나는 '채취조.'

세실과 아이네, 레티시아가 맡기로 했다.

"『마력 수정』은 제법 비싸게 팔 수 있을 듯하니 남아돌면 팔아서 잔치라도 벌일까."

우리는 그런 이야기를 하면서 퀘스트를 수행했다.

─색적조(나기, 리타, 커틀러스, 핀)─

"그럼 리타, 『기척 감지』를 부탁해. 적이 다가오거든 알려줘."

"예. 주인님."

우리는 숲 안쪽에 있다. 고블린의 둥지가 보일 듯 말 듯 한 곳에 있다.

이곳에서 마물의 움직임을 파악하여 '채취조'에게 알려주는 것이 우리의 역할이다.

"커틀러스는 『바랄의 갑옷』으로 핀을 불러내도록 해. 공중으로 날릴 수 있겠어?"

"나무 꼭대기 정도는 여유롭지 말입니다!"

"그럼 부탁할게. 공중에서 마물의 동태를 살펴 주면 좋겠어."

"알겠습니다! 발동, 신성유물(아티팩트) 『바랄의 갑옷』!"

커틀러스가 가슴에 손을 대고서 선언했다.

그녀의 갑옷에서 마력이 스르르 나오더니 사람의 형상으로 바뀌어 갔다.

회색 머리카락에 적자색 눈동자를 지닌 핀이다. 내가 요청한 대로 갈색 바탕의 위장복을 입고 있었다. 마력으로 이루어진 몸이라서 옷을 자유롭게 만들어 낼 수 있는 듯하다.

"위험하다 싶으면 곧장 돌아오도록 해. 핀."

"감사합니다. 주공."

핀이 나뭇가지를 타고서 위쪽으로 이동했다.

마력체(魔力體)인 핀은 커틀러스에게서 20미터쯤 떨어질 수가 있다.

그 능력을 이용하여 주변을 감시토록 했다.

"나랑 리타랑 커틀러스는 여기서 대기. 무슨 일이 벌어지면 즉각 대응할 수 있도록."

"알겠습니다. 주공."

고개를 드니 핀의 모습이 나뭇가지 사이에 가려져 있었다. 위장복 덕분에 눈에 잘 띄지 않는다.

저 정도라면 마물의 눈도 속일 수 있을 듯한데.

〈송신자 : 나기(수신자 : 핀)

본문 : 일단 주변 풍경을 『스크린샷』으로 보내 봐.

눈에 보이는 풍경을 나에게 던진다는 느낌으로 말이야. 가능하겠어?〉

나는 『의식 공유 · 개량형』으로 핀에게 메시지를 보냈다.

〈송신자 : 핀(수신자 : 주공)

본문 : 이렇게 말인가요?〉

핀이 보내온 메시지에 나무 위에서 내려다본 풍경이 담겨 있었다.

지상 20미터 높이에서는 오래된 폐촌이 보였다. 다 무너져 가는 집이 있었다. 지금은 아무도 살고 있지 않은 듯했다. 마을 주변에 자그마한 실루엣이 있었다. 고블린……인 줄 알았더니 머리색이 녹색이다. 상반신에 옷을 걸치고 있다. 평범한 고블린과는 조금 다르다.

저것이 성녀님이 말했던 '숲고블린'인가.

나는 핀이 보내온 폐촌 사진을 확인해 나갔다.

성녀님이 '숲고블린'은 얌전한 종족이라서 했으니 불필요할지도 모른다. 그러나 혹시 모르니……, 어라?

"……이상한데."

"왜 그래, 나기?"

"'숲고블린'이 전투태세를 취하고 있어."

나는 말했다.

"마을 입구에 파수꾼이 서 있고, 그 안에는 경비를 맡은 고블린이 순찰을 돌고 있어. 폐촌이라면 당연히 길이 잡초로 뒤덮여 있어야 할 텐데 정비와 제초를 했는지 말끔해. 그리고 보초가 서 있고. 마치 군대 같아."

"……그런 마물이 있다는 소리는 들어본 적이 없는데."

"……저도 금시초문이지 말입니다."

불길한 예감이 들었다.

조직화된 '숲고블린'의 위에 정체를 알 수 없는 무언가가 있는 듯한…….

"잠깐만, 나기. 마을이 아닌 다른 방향에서 마물의 기척이 느껴져."

불현듯 리타가 숲 안쪽을 가리켰다.

"세실 짱과 일행들이 있는 방향이야. 먼저 그쪽부터 해치워야겠어."

"알겠어. 그럼 리타가 도와주러 가줘. 우린 '숲고블린'을 계속 감시할 테니."

"알겠습니다!"

리타가 달려나갔다.

그와 동시에 난 『의식 공유 · 개량형』을 써서 메시지를 보냈다.

〈송신자 : 나기(수신자 : 아이네)

본문 : 리타가 마물의 기척을 감지했어. 그쪽으로 향하고 있어. 리타가 도와주러 갔어. 그때까지 '최대한 조용한 방법'으로 대처하도록. 가능하겠어?〉

금세 답신이 돌아왔다.

〈송신자 : 누나(수신자 : 나 군)

본문 : 이쪽에서도 마물을 확인했어. '포레스트 크롤러(숲애벌레)'야. 나 군이 직접 전수해 준 '안락한 섬멸작전'을 써도 될까?〉

〈송신자 : 나기(수신자 : 아이네)

본문 : 좋아. 작전 코드는 라필리아가 명명한 '명부(冥府)로의 폐문(閉門)'?〉

〈송신자 : 누나(송신자 : 나 군)

본문 : 그래. 나 군과 일행들이 고안한 작전을 보여줄 테야!〉

"세실 공 쪽은 괜찮을 것 같습니까?"

"괜찮아……. 넉넉히 이길 수 있을 거야."

나는 걱정스레 이쪽을 쳐다보고 있는 커틀러스에게 말했다.

―채취조(세실, 아이네, 레티시아)―

"발동!『마법 속성 변경(엘리멘탈 체인저)』."
세실이 스킬을 발동했다.
『마법 속성 변경』은 나기와『결혼(結魂, 스피릿 링크)』했을 때 각성한 스킬이다.
발동한 순간 나기와 '대단히 사이좋은 행위'를 했을 당시의 기억이 떠올라 무심코 얼굴이 뜨거워졌다. 저절로 떠오른 광경을 고개를 흔들어 털어낸 뒤 세실은 전투태세에 돌입했다.
"세실 씨, 왔어요. '포레스트 크롤러'예요."
레티시아가 외치자 나무들 사이에서 커다란 애벌레 몇 마리가 출현했다.

'포레스트 크롤러.'
숲에서 서식하는 대형 애벌레.
온몸에 딱딱한 갑각을 두르고 있는 육식 벌레.
방어력이 높고, 무리로 행동하는 습성이 있어서 꽤 위험한 마물이다.

"제가 마물을 유인할 테니 그 사이에 마법을!"
"예!"

세실이 영창을 개시했다. '속성'을 바꾼 통상 마법을 쓸 작정이다.

"'거대한 유체의 장벽을'── '물의 벽(워터 월)'!!"

"규? 모모모모──못!?!"

'포레스트 크롤러' 네 마리 앞에 '물의 벽'이 출현했다.

세실의 마법인 '불의 벽(플레임 월)'의 물 버전이다.

『마법 속성 변경』은 세실이 습득한 마법의 속성을 『지 · 수 · 화 · 풍』 중 하나로 바꿀 수가 있다.

이번에는 '물'로 변경했다.

높이가 수 미터는 되는 '물의 벽'이 '포레스트 크롤러' 앞을 문자 그대로 벽처럼 가로막았다.

"??? 규규──"

대형 애벌레 네 마리가 조금 망설이다가 다시 전진했다.

애벌레들이 딱딱한 갑각으로 '물의 벽'을 쉽게 밀어냈다. 땅바닥에 생긴 물웅덩이를 첨벙첨벙 차면서 느릿느릿 나아갔다.

"해제!"

촤아악.

세실이 외치자 '물의 벽'이 무너져 애벌레들 위로 쏟아졌다.

"규규! 규!"

애벌레들이 의기양양하게 소리를 질렀다. 바로 그 순간…….

"……이것으로 끝이에요."

……나무 위에 숨어 있던 메이드가 뛰어내렸다.

"발동. 『오수 증가LV2』."

아이네가 대걸레를 땅바닥에 박고서 스킬을 발동했다.

"""""——!!!?!"""""

슈웅.

물웅덩이에 발을 내딛고 있는 마물의 몸에서 수분이 빨려나
갔다.

'포레스트 크롤러'가 몸을 부들부들 떨다가 그 갑각에 균열이
일더니…….

벌러덩. 벌러덩. 벌러덩. 벌러덩.

'포레스트 크롤러' 네 마리가 땅바닥을 구르더니 꼼짝도 하지
않았다.

'포레스트 크롤러'를 쓰러뜨렸다!

"작전!"

"성공이야!"

세실과 아이네가 짝~, 하고 하이파이브를 했다.

"역시 나기 님의 작전은 완벽해요!"

"나 군은 『2히트 콤보』라고 했어."

아이네의 『오수 증가』는 청소 도구에 닿은 '더러운 물'을 늘리는
스킬이다. 수분이 부족하면 주변에 있는 것을 강제로 빼앗는다.

세실은 '물의 벽'으로 커다란 물웅덩이를 생성했다. 그 웅덩이의 크기를 30퍼센트나 늘렸으니 '포레스트 크롤러'는 그야말로 건어물 신세가 될 수밖에.

"마물이 가엾군요. 안락한 섬멸작전이라니."

레티시아가 쓴웃음을 지으며 어깨를 들먹였다.

"세실 씨가 마법 속성을 바꿔 '물의 벽'으로 주위를 물에 젖게 하고, 아이네가 『오수 증가』로 적의 수분을 빼앗는다……."

"게다가 지난번에 『오수 증가』의 레벨이 올랐어. 에헴."

"무적 아닌가요?"

"아니야."

"그렇지 않습니다."

레티시아가 말하자 아이네와 세실이 고개를 가로저었다.

"이건 나 군이 마물에 관한 정보를 줬으니까 가능했던 거야."

"그래서 저희들이 준비할 수 있었어요."

두 사람은 그렇게 말하며 뒤를 돌아 나기가 있는 방향을 쳐다봤다.

주인님의 모습은 보이지 않지만, 지금도 확실하게 이어져 있음을 확인하려는 듯이.

"아이네 씨. 나기 님한테서 다음 지시가 왔나요?"

"방금, 메시지가 왔어. 다른 마물이 접근하고 있대."

아이네가 무릎을 털고서 일어섰다.

세실은 지팡이를, 레티시아는 검과 방패를 다시 쥐었다.

"대형 거미, '포레스트 스파이더'야. 리타 씨가 오기 전에 쓰러뜨려 버릴까?"

"해보죠!"

"성녀님께서 맡겨주신 의뢰이니 후다닥 해치우죠. 아이네, 세실 씨."

아이네, 세실, 레티시아는 무기를 들고서 닥쳐오는 마물 쪽으로 시선을 보냈다.

'포레스트 스파이더.'

숲에서 사는 대형 거미.

나무와 나무 사이에 뻗어 놓은 거미줄을 타고서 재빠르게 숲을 이동한다.

마법을 적중시키기가 의외로 어렵다.

"저랑 아이네가 배후로 돌아 들어갈 테니 세실 씨는 마법으로 엄호를!"

레티시아가 검을 들고서 달려나갔다. 대걸레를 든 아이네가 그 뒤를 따랐다.

나무들 사이에 있는 '포레스트 스파이더'의 모습을 찾는다……, 찾았다.

"슈슈──슈──슛!"

레티시아를 본 '포레스트 스파이더'가 네 쌍의 다리를 휘두르며 위협했다.

"정면에서 싸울 만큼 어리석지 않습니다!"

"'정령이여 내 적을 쏴라'──'물의 화살(워터 애로우)!!"

목소리가 들린 순간 레티시아가 고개를 오른쪽으로 기울였다.

그녀의 머리카락을 스치고서 세실이 쏜 '물의 화살'이 날아갔다. 레티시아의 몸이 시야를 가린 바람에 '포레스트 스파이더'는 세실의 마법을 알아차리지 못했다. 물이 세차게 응축된 '물의 화살'이 '포레스트 스파이더'의 눈을 꿰뚫었다.

"슈슈슈아아아아아아!!"

고작 물이지만 시야를 봉쇄하는 데 충분했다.

레티시아가 적이 시력을 잃은 틈에 측면으로 이동했다. 그리고 배후로 완전히 돌아갔다.

"따라왔지? 아이네."

"물론이야!"

레티시아는 시야 한구석에 친구가 있음을 확인했다.

세 사람은 '포레스트 스파이더'를 협공했다. 정면에는 세실, 배후에는 아이네와 레티시아가 공격하는 진형이다.

"갑니다! '물폭탄(워터 볼)'!!"

세실이 화염 마법 '화염구(파이어 볼)'의 물 버전을 쐈다.

'물폭탄' 마법으로 커다란 물덩어리를 발사할 수가 있다. 적중시키면 수압으로 적을 뭉개버릴 수가 있다.

"슈슛?!"

'포레스트 스파이더'가 고개를 들어 날아드는 물폭탄을 쳐다보고는……

홱.

바로 위로 달아났다.

'포레스트 스파이더'는 이미 거미줄을 머리 위 나뭇가지에 뻗어놓았다. 그 줄을 밧줄 삼아 '물폭탄'을 피한 것이다.

'물폭탄'은 그대로 배후에 있는 레티시아와 아이네에게로 날아갔다.

"와요. 아이네, 도와줘요!"

"알겠어!"

레티시아의 손에는 목제 국자가 있었다. 이 작전을 위해서 시장에서 사온 물건이다.

커다란 냄비로 음식을 할 때 사용하기 위한 도구로 자루가 은근히 길다.

먼발치에서는 그저 막대로밖에 보이지 않을 정도다.

"발동이에요…….『마력 봉술』."

아이네가 그 국자에 마력을 주입했다.

단순한 국자인 줄 알았던 그 물체가 마법 무기로 변화했다.

레티시아는 아이네와 손을 맞잡은 채로 스킬을 발동했다.

"갑니다~.『난류 반사(卵類反射, 카운터 에그)』!!"

레티시아와 아이네가 국자를 휘둘렀다.

레티시아가 쥔 '긴 국자'가 세실이 날린 '물폭탄'에 닿았다.

원래 마법 무기라는 것은 마법에 간섭할 수 있다.

그리고 『난류 반사』는 조리도구로 '동그란 것'을 되받아치는 스킬이다.

아이네의 『마력 봉술』 덕분에 마법 무기로 변한 '긴 국자'가 '물 폭탄'을 때려 경로를 원래와는 다르게 틀어버렸다.

공중으로 달아난 '포레스트 스파이더' 쪽으로.

포옹.

부풀어 오른 물덩어리가 '포레스트 스파이더'를 감쌌다.

수압이 거미의 몸을 짓눌렀다. 통상 마법이다. 위력은 그리 높지 않다. 거미가 다리 몇 가닥이 부러진 채로 땅바닥에 떨어졌을 뿐이다. 틀림없이 연명할 수 있을 터.

지상에서 메이드가 대걸레를 쥐고서 기다리고 있지 않다면.

"예. 『오수 증가LV2』."

"슈슈──숫!?!"

'포레스트 스파이더'가 건어물이 됐다!

""""끄읕!!""""

짝, 짝짝.

세실, 아이네, 레티시아가 서로 손을 맞부딪쳤다.

"역시 나기 님의 작전은 완벽해요."

"나 군, 아이네와 동료들을 잘 알고 있어."

"……이미 평범한 모험가는 감히 엄두도 못내는 수준의 싸움이네요, 이거."

건어물이 된 '포레스트 스파이더'의 몸에서 수정옥이 굴러 나왔다.

'포레스트 스파이더'의 스킬 크리스털인『실 이동』이다.

"이건 나중에 나 군한테 건네줘야겠어."

"아, 리타 씨가 왔습니다. 리타 씨, 이쪽이에요!"

나무들 사이에서 리타의 모습이 보였다.

세실은 무심코 몸을 쭉 펴고서 팔을 힘차게 흔들었다.

"세실 짱! 아이네! 레티시아 님!!"

달려온 리타는 무서우리만치 진지한 표정이었다.

그녀는 가슴을 억누르며 세실 일행 앞에서 무릎을 꿇고서 말했다.

"부, 부탁해. 주인님한테 메시지를 보내줘, 아이네. 다급해."

"알겠어."

아이네가 고개를 끄덕였다.

리타가 읊은 내용을 곧바로『의식 공유 · 개량형』으로 나기에게 보냈다.

그 내용은…….

─색적조(나기, 커틀러스, 핀)─

"주공. 큰일이 벌어졌어요!"

핀이 그렇게 말하며 사진 메시지를 보냈다.

"……어."

그 사진에는 어린 애들이 우리에 갇혀 어디론가 실려 가는 광경이 담겨 있었다.

'숲고블린'들이 우리를 감시하면서 폐촌의 중심으로 옮기고 있었다.

상황을 대강 파악했을 즈음 이번에는 아이네가 메시지를 보냈다.

〈송신자 : 리타(대필 : 아이네) (수신자 : 주인님)

본문 : 부탁이 있습니다. 단독행동을 허가해 주세요.〉

"……리타?"

〈작은 수인 아이들이 '숲고블린'한테 붙잡혀 있어. 우리에 갇혀서 실려 가는 광경을 목격했어. 도저히 가만히 내버려 둘 수 없단 말이야!〉

나는 핀이 보낸 사진을 봤다.

멀어서 잘 보이지는 않지만, 우리 안에 갇혀 있는 아이들에게 짐승의 귀와 꼬리가 달려 있었다.

〈송신자 : 리타(대필 : 아이네) (수신자 : 주인님)

본문 : 그러니까 이번만 단독행동을 허락해 줘. 내가 작은 아이들을 도울 수 있게 해줘.〉

〈송신자 : 나기 (수신자 : 리타 [대리 : 아이네])

본문 : 단독행동은 허락할 수 없어. 나도 함께 갈게. 협력해
줄 사람은 손을 들어!〉

"함께 하지 말입니다!"
"가는 게 당연합니다!"
커틀러스와 핀이 손을 들었다.

〈송신자 : 아이네 (수신자 : 나 군)

물론 갈 거야!

세실 짱(대필 : 아이네) "제가 돕지 않을 리가 없잖아요!"

레티시아(대필 : 아이네) "……놓고 가버리면 울어버릴 거야."〉

성녀님은 '숲고블린'이 얌전한 마물이라고 했다.

그 정보가 틀렸을 리 없다.

그렇다면 마물이 흉포해졌든가…… 아니면…….

"……왕이 말했던 '마왕'이 움직이기 시작했다……?"

어느 쪽이든 내버려둘 수는 없겠지?

〈마을 밖에 있는 파수꾼들 중에 농땡이를 부리고 있는 녀석이
하나 있어. 사진을 보낼 테니 리타한테 그 녀석을 사로잡으라고
해 줘. 심문을 해보면 '숲고블린'들의 상황을 알 수 있을 테니까.〉

나는 아이네에게 메시지를 보냈다.

아이네가 금세 답신을 보냈다. 알겠단다. 자, 이제는…….

〈다른 사람들은 일단 합류해 줘. 세실은 지팡이를 준비하도록 하고. 상대는 집단이야. 고대어 마법이 필요할지도 몰라.〉

목표는 고블린이 있는 폐촌. 적의 숫자는 약 30마리.

안전하고 간단하고 재빠르게 인질을 구출하도록 하자.

제4화 「인질을 구출하기 위해서 『비살상병기』를 최대 위력으로 사용해 봤다」

"'숲고블린' 씨. 이 폐촌에서 뭘 하고 있었는지 알려주세요. 미리 말해두겠는데 아동유괴는 중죄인 거 알지?"

"고……고브오오오."

리타가 몰래 데려온 '파수꾼 숲고블린'이 굳은 표정으로 이쪽을 보고 있었다.

기척을 지우고서 마을에 잠입하여 동료들에게서 멀찍이 떨어져 있던 그 고블린을 끌고 왔다고 한다.

가까이서 보니 '숲고블린'과 일반 고블린이 어떻게 다른지 잘 알겠다.

머리에 녹색 머리털이 나있는 것도 그렇지만, 눈빛을 보니 지성이 있음을 알 수 있었다. 겁을 먹기는 했지만, 난동을 부릴 기색은 없었다. 내가 육포를 건네자 순순히 받은 뒤 입을 열기 시작했다.

물론 나는 치트 스킬인 『생명 교섭(푸드 네고시에이션)』을 발동한 상태다.

『생명 교섭』이란 음식물을 먹임으로써 마물이나 동물과 의사소통을 할 수 있게 해주는 스킬이다.

내가 준 육포를 먹었으니 이제는 이 녀석과도 말이 통할 것이다.

"나, 나도, 하고 싶어서 한 것이 아니다."

'파수꾼 숲고블린'이 고브고브, 하고 말했지만, 머릿속에서 알아서 통역되었다.

"우, 우리 '숲고블린'은…… '현자 고블린' 님한테 지배를 받고 있는 것이다."

"'현자 고블린'?"

나는 일행들 쪽으로 고개를 돌렸다.

세실, 리타, 아이네, 커틀러스, 레티시아가 고개를 갸웃거렸다.

아무도 모르는 걸 보니 신종 마물인가?

"'현자 고블린'이라는 녀석이 유괴하라고 명령했다?"

내가 묻자 '파수꾼 숲고블린'이 고개를 끄덕였다.

"'현자 고블린' 님이 그랬다……. 자신은 '숲고블린'을 이끌기 위해서 왔다고. 그래야만 인간이나 아인(亞人)과 투쟁을 벌여서 마물의 영역을 넓힐 수 있다고. 나, 나는 반대했던 것이다……."

"그 '현자 고블린'이 저 마을에 있나?"

"지금은 없다……. 대신에 '현자 고블린'님의 수하인 '홉고블린'과 '달인 고블린'이 마을에 상주하고 있다."

'달인 고블린'과 '홉고블린'은 고블린의 상위종이다.

'현자 고블린'은 그런 마물까지 복종시킨 것인가?

"그분은 고블린을 초월한 분…… 어쩌면…… 마왕과 관련이 있을지도 모른다……."

마왕이라.

그런 존재와 얽히는 건 싫은데 말이야. 실은.

"고마워. 정보를 준 점은 감사해. 네가 앞으로 인간이나 아인을 습격하지 않겠다고 약속한다면 나중에 풀어줄 건데 어쩔래?"

"⋯⋯⋯⋯우우⋯⋯. 강한 인간⋯⋯ 무섭다."

'파수꾼 숲고블린'이 잠시 생각하고서 고개를 끄덕였다.

『생명 교섭』으로 정보를 이끌어 냈으니 이 녀석은 거짓말을 할 수가 없다.

일단 여기에 구속해 뒀다가 나중에 풀어 주자.

"그럼 인질 구출을 시작할게. 은밀히, 재빠르게, 최단거리로 아이들한테 가자."

내가 말하자 모두가 손을 들었다.

"예! 나기 님!"

"⋯⋯고맙⋯⋯습니다. 주인님."

"작은 아이들을 보살펴 주는 건 아이네한테도 좋은 연습이 될 거야."

"정의의 귀족이 사람을 구해내는 건 당연하죠."

"전 정의의 기사 후보생도 동감이지 말입니다!"

"아이들한테 부조리한 상황을 강요하다니 간과할 수 없네요."

모두의 의견이 일치됐다.

나는 '파수꾼 숲고블린'에게서 캐낸 정보를 바탕으로 작전을 세웠다.

"확인차 묻겠는데, 세실."

"예, 나기 님."

"마법 변화 스킬인 『마법 속성 변경』으로 화염 마법인 '등불(라이트)'을 수속성으로 바꾸면 어떻게 돼?"

"'등불'은 마법의 빛으로 적의 시야를 빼앗는 스킬이에요. 수

속성으로 바꾸면 물로 적의 시야를 빼앗는 거죠.”

“알겠어. 그럼 그 마법으로…….”

나는 모두에게 작전을 전했다.

─그 무렵 폐촌을 점령하고 있는 고블린들은─

“고브아!”

우리를 감시하고 있던 ‘달인 고블린’이 소리를 크게 질렀다.

‘숲고블린’이 아이들을 풀어주고 싶다고 말해서였다.

어이구, 이 녀석들은 너무 겁쟁이다. 인간과 공존할 수 있을
리가 없건만 잠시 한눈을 팔면 인질을 풀어 주려고 한다. 같은
마물인 것조차 부끄러울 지경이다.

“…………고브.”

“……히익.”

우리 안을 노려보자 수인 아이들이 비명을 내질렀다.

‘달인 고블린’은 ‘숲고블린’을 지배하고자 ‘현자 고블린’의 지시
를 받고서 이 마을에 왔다.

우리 고블린에게 인간이나 아인은 죽여 마땅한 존재.

그러나 ‘숲고블린’은 그것을 모른다. 녀석들은 나무 열매를 채
취하여 먹는 것만으로도 만족하며 인간이나 아인을 습격할 생
각 따윈 하지도 않는다. 오히려 공존하려고 한다. 이 얼마나 무
른 족속들인가.

우리 안에 갇혀 있는 수인 꼬맹이들을 대하는 태도도 마찬가

지다. 먹을 것을 주고 평소처럼 재우고 있다.

그래서 '달인 고블린'은 우리를 마을 가운데로 끌고 갔다. 이 녀석들에게 자신의 처지를 일깨워주기 위해서.

"고브! 아. 고브브! 가아아앗!!"

'달인 고블린'이 검을 높이 쳐들고서 포효했다.

"히익! 싫어, 죽이지 마……, 윽!"

즐겁다.

이 즐거움을 모르는 '숲고블린'은 참으로 어리석지 않은가.

고블린은 싸우기 위해 태어났다. 본능을 채우고 영토를 확장하기 위해서…….

쏴아아!

"고브아아앗?!"

갑자기 비명이 들렸다.

파수꾼 '숲고블린'이 머리를 싸쥐고서 땅바닥을 굴렀다.

"고브브(침입자?)…… 고그갓?!"

무심코 목소리를 높인 '달인 고블린'도 머리에 충격을 받았다. 순간 시야가 컴컴해졌다. 날아든 것은 물덩어리였다.

그것이 세차게 날아들어 고블린들의 머리를 후려갈겼다.

"'모든 생명의 근원'――'너울거리는 물이'――'대기를 뒤덮은 모습이여.'"

동시에 희미한 목소리가 들렸다.

"'이 땅에 내려와 그 영역을 뒤덮어라.' '고대어 마법──수속성──농무(濃霧, 포그).'"

그 순간 새하얀 안개가 폐촌을 뒤덮었다.

"고브?! 고브아아아아아……!!"
'달인 고블린'이 절규했다.
불과 몇 초 만에 새하얀 안개가 폐촌을 짙게 휘감았다. 이렇게 빠르게 퍼져 나가는 안개가 있을 리가 없다. 더욱이 너무 짙다. 자신의 손조차도 보이지가 않았다.

"고그아?"
"브?"
"고브아아아아?!"

'숲고블린'의 비명이 또 울려 퍼졌다.
물소리가 들렸다. 적들이 그 물덩어리로 또 공격한 것이다.
그런데 모르겠다. 이런 자욱한 안개 속에서 어떻게 이리도 정확하게 날릴 수 있는 것인가?!

"고브라아아아아아아아!!"

'달인 고블린'이 소란을 떠는 고블린들에게 일갈을 날렸다.

그의 귀가 이미 침입자의 발소리를 포착해냈다. 적이 곧장 이리로 향하고 있다.

"브오! 고브아!!"

'달인 고블린'이 당장 고블린들을 불러 모았다.

고블린도 무기를 들고 있다. 방어구도 착용했고, 방패도 들고 있다.

다 함께 벽을 만들면 적을 저지할 수가 있을 터……

"발동. 『지연 투기(딜레이 아츠)』──칼집에 넣은 채로!"

둥, 스윽.

"고브아…………!!"

거대한 칠흑의 검이…… 밀집한 고블린들을 날려 버렸다.

"고, 고브아아……. (혀, 현자 고블린……님.)"

마지막으로 자신의 주인을 부르고서 '달인 고블린'은 꼼짝도 하지 않았다.

"모두들 그대로 전속 전진!"

"""예~."""

우리는 안개 속을 전속력으로 달려갔다.

두 손에는 밧줄. 그 밧줄을 나와 리타, 커틀러스가 함께 쥐고 있다. 이른바 '기차놀이' 상태다.

작전은 '현혹 후 일점 돌파.'

우선은 세실이 고대어 마법 '농무'로 폐촌을 휘감는다.

'농무'는 화염 마법 '등불'의 물 버전이다. '등불'이 빛으로 상대의 시야를 빼앗듯이 '농무'는 물로 상대의 시야를 빼앗는다. 고대어 마법으로 강화하면 작은 마을쯤이야 충분히 뒤덮을 수 있다.

농무가 잦아들기 전에 우리는 마을에 돌입하여 아이들을 구해낸다. 작전 내용은 그뿐이다.

"진로 클리어! 적과 장애물 없음. 전속력으로 곧장 전진이다!"

'농무' 속에서도 나와 세실만은 주변을 주시하고 있었다.

뒤에 있는 리타에게는 『의식 공유 · 개량형』으로 시야에 비친 광경을 계속하여 보냈다. 그 정보에 의지하여 달려가면 문제없다.

"우리까지 10초. 문이 잠겨 있어. 세실, 대거를 빌려줘."

"예. 나기 님!"

"리타는 우리 속에 갇혀 있는 아이들한테 도와주러 왔다고 알리도록 해!"

"알겠어! 와우우———웅!"

리타의 포효가 울렸다.

우리에 있던 두 수인 아이가 귀를 쫑긋 세웠다. 알아차린 모양이다.

우리 문에는 금속 자물쇠가 채워져 있었다.

나는 세실에게서 넘겨받은 대거를 급히 휘둘렀다. 붕붕붕붕.

붕붕…….

"발동!『지연 투기』단검!!"

꽝!

18번을 휘두른 위력이 응축되어 있는 대거와 부딪치자 자물쇠가 박살났다.

리타가 가차 없이 문을 확 열어젖히고서 안으로 뛰어들었다.

"이제 괜찮아! 이 언니가 너희들을 집으로 돌려보내 줄게!"

""응!""

"자, 모두들, 이 밧줄을 붙잡아!"

우리들은 또다시 '기차놀이'를 했다.

두 아이들은 첫 경험인 듯했지만 웃고 있었다. 즐거워하는 것을 보니 다행이네.

"그럼 출발!"

신호와 함께 달리기 시작했다. 그대로 우리는 위험지대를 탈출했다…….

나가는 김에 성녀님이 부탁했던 마력 수정도 확실히 챙겨뒀다.

제5화「구출해 낸 두 아이에게서 수인의 관습을 들어 봤다」

"수, 수인 네르함 부족의 토토리입니다."

"구해 주셔서 감사합니다! 쌍둥이 여동생인 루토리입니다!"

수인 아이들이 이름을 밝혔다.

작은 아이들이었다. 내가 있던 세계의 기준으로 초등학교 고학년쯤 되는 것 같다. 둘 다 머리가 오렌지색이고 귀는 조금 처져 있다. 꼬리는 짧고 복슬복슬하다.

그녀들은 인근 숲에 정주하는 수인 일족이라고 한다.

수인 중에는 정주하는 부족과 이동하는 부족이 있다고 한다.

쌍둥이 토토리, 루토리의 일족은 '정주 부족'으로 인간을 상대로 장사나 정보교환을 하며 살아간다. 이종족 간에 결혼을 한 자도 있다고 한다.

지금으로부터 15일 전에 부족 마을에 낯선 수인이 숨어들었다.

그 녀석이 경비를 따돌리고서 두 아이들을 납치했다고 한다.

마을을 빠져나간 뒤 그 녀석은 정체를 밝혔다. 벌벌 떨고 있는 두 아이 앞에 드러낸 그 모습은……

"……수인으로 변한…… 고블린이었어……."

"……가까이 다가가니 고블린 냄새가 나긴 했는데…… 아주 감쪽같은 변신술이었어."

토토리와 루토리가 번갈아가며 설명해 줬다.

그 뒤에 범인은 두 아이를 데리고서 '숲고블린' 마을로 갔다.

두 아이들을 가두고서 꾸준히 위협했다고 한다.

"……무서웠어……. 그 녀석, 여러 모습으로 둔갑하는 거야……."

"커다란 개구리로 변해서는…… 잡아 먹어 버리겠다고…… 겁을 줬어……."

다른 고블린들이 그 '변신하는 고블린'을 '현자 고블린'이라며 추앙했다고 한다.

"왜 고블린인데 '현자'라고 한 거지?"

"인간의 말을 구사할 줄 알았거든!"

"고블린인데 인간의 언어로 우릴 위협했어!"

"인간의 언어를?"

"응. 어려운 소리를 했어."

"'비보(祕寶)'를 발견해 숨겨진 유산을 찾아내겠대."

""그러면 마왕과 만날 수 있다고 했어!""

숨겨진 유산을 찾아 마왕과 만나겠다.

왠지 이야기가 커지는 듯하다. 성녀님은 얌전한 마물이 난동을 부렸을 뿐이라고 했는데.

"……주인님."

리티가 곤혹스러운 표정으로 나를 쳐다봤다.

"이 아이들을 부족 마을로 데려다주고 와도 돼?"

"물론."

성녀님에게 부탁받았던 소재도 회수했으니 이제는 자유시간이다.

참고로 수확량은 다음과 같다.

『마력 수정』8개.

드랍 스킬 『실 이동 LV3』(포레스트 스파이더에게서).

"그럼 너희들의 마을이 어딘지 알려줄래?"

"" 물끄러미———.""

토토리와 루토리가 리타에게 매달린 채로 아무 말 없이 나를 쳐다봤다.

혹시…… 경계하고 있나?

"오빠는 수인 언니를 노예로 부리고 있지……."

"구해준 건 고마워. 하지만 수인을 지배하고 있는 인간은 무서워……."

그랬다.

가족처럼 지내고 있어서 깜빡했는데 리타는 내 노예였지.

동족에게 목걸이를 채운 상대를 경계하는 건 당연한가?

"그렇지 않아. 잘 들어."

리타가 마차 바닥에 앉아 아이들의 머리를 쓰다듬었다.

"이 목걸이는 내가 채워 달라고 부탁한 거야. 주인님과 이어지기 위해서."

"그럼 억지로 채운 게 아냐?"

"지배당하고 있는 게 아냐~?"

"억지로 채우다니 당치도 않은걸. 나기는 언제나…… 부드럽게…… 해주는걸."

리타가 빨개진 뺨에 손을 댔다.

"근데 거리가 멀어~."

루토리가 말했다.

"수인 노예는 진짜 신뢰하고 있는 주인님 곁에 꼭 달라붙어 있잖아~?"

"……그런 거야?"

""그래~.""

그렇게 말하니 별 수가 없었다. 두 아이의 신뢰를 얻기 위해서라도…….

"……이리 와, 리타."

나는 리타 옆에 앉았다.

"……으, 응."

리타는 각오를 굳힌 것처럼 내 어깨에 자신의 어깨를 딱 붙였다.

"자, 봐봐. 나랑 주인님이 꼭 붙어 있지?"

"안 돼~. 전설이랑 달라~."

"수인 노예는 진짜 신뢰하는 주인님이랑 서로 뺨을 비비는 법이야~."

"그런 건가요~?"

"그럼 해 봐야겠네~."

어느새 마부석에서 세실과 아이네가 이쪽을 쳐다봤다.

"……리타, 부탁해."

"……와우우."

부비부비, 부비.

금색 머리카락이 내 귀를 간지럽혔다. 리타의 뺨이 아주 뜨거워졌다. 매끈매끈한 피부가 내 피부에 닿았다. 리타는 감촉을 확인하듯 몸을 위아래로 서서히 움직였다.

"어, 어때? 이제 알겠지? 난 스스로의 의지로 주인님의 소유물이 된 거야. 나랑 주인님은 서로 굳게 신뢰하고 있어."

"나도 리타를 소중히 여기고 있어. 그것만은 자신 있게 말할 수 있어."

남들 앞에서 말하려니 무지 부끄럽긴 하지만.

세실과 아이네가 만족스러운 얼굴로 고개를 연신 끄덕였다.

마차 밖에서 레티시아와 커틀러스가 박수를 치는 소리가 들려왔다.

"이제 알겠습니다~."

"미안해요~."

토토리와 루토리가 고개를 숙였다.

"알아줬으면 됐어."

"오해해서 미안해요. 서로 신뢰하는 수인 노예와 주인님이 다 있네요~."

"토토리가 들었던 얘기와 조금 달라서 깜짝 놀랐어~."

"들었던 얘기?"

"수인 노예는 진정 신뢰하는 주인님 앞에서는 속옷을 입지 않는 법이야~."

"수인의 꼬리는 기분을 드러내는 중요한 부위이니 주인님의 눈에 잘 띄도록~."

"……응."

리타가 마차 바닥에 무릎을 꿇었다.

그대로 허리를 들어올려『격투계 신관의 옷』에 손을 넣고는…….

""그래서 속옷을 입지 않는 거야~. 주인님이랑 노예가 단둘이 있을 때는~!""

쌍둥이 수인 토토리와 루토리가 입을 모아 말했다.

"……어."

리타가 뚝 멈췄다.

그대로 나를 보고서 수인 아이들을 쳐다봤다. 한 박자 뒤에 앞쪽에 있는 세실과 아이네를 보고, 레티시아와 커틀러스를 보고는…….

"후에에에에에에에에에에엥!!"

"으앗. 리타?! 정신 차려~!!"

리타는 그대로 털썩 쓰러졌다. 내 무릎 위로.

"무릎베개다~."

"수인과 인간이 서로 신뢰하고 있다~."

""사이가 좋아~!!""

수인 토토리와 루토리는 크게 기뻐하긴 했지만.

……무릎베개로 증명이 된다면 먼저 말했어야지…….

그 뒤로 우리는 토토리와 루토리가 사는 마을로 향했다.

마을은 사람들이 찾아내기 어렵도록 숲 안쪽에 있었다.

그러나 그전에 성녀님에게 퀘스트 완료 보고와 '숲고블린' 이야기도 전해야만 한다.

파티를 두 개로 또 나눠야겠다.

나와 세실과 리타, 아이네는 '수인의 마을 방문조.'

레티시아와 커틀러스는 '성녀님 보고조.'

물론 언제든 연락을 주고받을 수 있도록 『의식 공유 · 개량형』 으로 연결해 뒀다.

일단 우리는 따로 행동하기로 했다.

—레티시아, 커틀러스 시점—

레티시아와 커틀러스가 퀘스트 완료 보고를 하고자 바위산에 도착했다.

〈마침 잘 됐다! 중요한 정보가 있어!〉

학수고대한 것처럼 성녀 데리릴라(인간형 골렘)가 뛰쳐나왔다.

〈마력 수정은…… 가져와 줬구나. 그보다도 중요한 정보가 있 어. 아인들 사이에서 다툼이 벌어지려는 모양이야!〉

"아인들 사이에서 분쟁이 벌어질 것 같다고요?"

"왜 그렇게 된 겁니까?"

레티시아와 커틀러스가 물었다.

〈인근 숲에 사는 '정주하는 수인'과 '이동하는 수인'이 일촉즉 발의 상황이래. 원인은 '정주하는 수인'의 장로의 두 손녀가 납 치되었기 때문인데 그 이름은…….〉

"토토리랑 루토리. 쌍둥이 아이들이죠."

〈응. '이동하는 수인'의 부족원이 납치했대. '이동하는 수인'

쪽에서도 중요한 아이템을 빼앗겼을 뿐만 아니라 유괴 의혹까지 받아서 분노한 것 같아.〉

"아이들을 납치한 건 수인이 아니라 수인으로 변한 마물이었어요."

"이미 주공이 확보하여 마을로 데려가고 있지 말입니다!"

〈……그대들, 너무 대단한 거 아냐?〉

성녀 데리릴라의 눈이 휘둥그레졌다.

〈후우. 데리릴라 씨도 안심이야. 아인들 사이의 분쟁은 보고 싶지 않았거든.〉

"저도 그렇답니다. 아인과 인간과 마족 모두가 사이좋게 지낼 수 있다는 걸 알고 있습니다."

〈귀족인데도 그대는 착하구나!〉

"성녀님께 칭찬을 들으니 부끄럽군요."

〈데리릴라 씨가 추천할 테니 그대, 왕을 하도록 해!〉

"나기 씨처럼 말하지 말아주세요!"

전설의 존재가 느닷없이 내뱉은 말에 레티시아가 무심코 당황했다.

그러나 성녀 데리릴라는 불만스러운 듯했다.

〈그런가? 잘 어울리겠다 싶었는데~.〉

"그 얘기는 나중에 기회가 있을 때 다시. 그보다도 성녀님께서는 『모습을 자유롭게 바꾸는 스킬』을 아십니까?"

〈『모습을 자유롭게 바꾸는 스킬』?〉

"예. 유괴범이 '수인'으로 위장하여 '정주하는 수인' 마을에 잠

입하여 아이들을 납치했답니다. 그래서 그런 고등 스킬이 있는
지 궁금해서."

레티시아가 말했다.

성녀 데리릴라 씨가 의아한지 고개를 갸웃거렸다.

〈있을지도 모르겠다. 하지만 그건 정말로 위험한 스킬이야.〉

"알죠. 누구로든 변할 수 있는 스킬은 막아낼 수가 없는걸요."

〈그게 아냐. 문제는 오랫동안 타인으로 변하면 진짜 자기 자
신을 잊어버리게 돼.〉

"예?"

〈생전에 데리릴라 씨도 성녀를 연기하다가 어느새 진정한 자
신을 잊고 말았어. 그래서 과로로 죽고 말았지. 겉모습을 역할에
맞추면서 살아가다 보면 내면이 그것에 이끌리게 되는 거야.〉

데리릴라 씨가 이렇듯 생전의 모습을 취하고 있는 이유는 그
때문이야. 자기 자신이 누구였는지 잊지 않도록……. 성녀 데리
릴라가 그렇게 덧붙였다.

〈그 녀석이 진짜 마물이라면 그나마 나아. 만약에 그런 스킬
을 갖고 있는 인간이라면 그 녀석은 이미 진정한 자기 자신을
잊어버렸을지도 모르겠네.〉

"성녀님……."

〈데리릴라 씨가 조금 더 정보를 수집해 볼게. 새로운 사실이
밝혀지거든 알려줄게.〉

"아, 예! 알겠습니다."

"알겠지 말입니다!"

"성녀님의 자애로움에 감사드려요!"

〈……근데 말이야~. 왠지 말이야~. 별 필요가 없을 것 같은 기분이 드는데~.〉

성녀 데리릴라가 머리를 긁적이면서 뒤를 돌아봤다.

〈나기 군은 데리릴라 씨가 떠올릴 법한 것쯤은 다 알고 있을 것 같거든~.〉

"성녀님……."

레티시아는 저도 그런 기분이 들어요, 하고 말하려다가 꾹 삼켰다.

그러지 않으면 레티시아가 미궁을 클리어했을 때처럼 성녀님이 '우울해~ 데리릴라 씨는 우울해~' 하고 낙담할지도 모르니까.

"나기 씨도 두 수인 아이들만 부족에 돌려보내고서 바로 돌아와 주면 좋을 텐데요."

"주공이니 모조리 다 해결해 버릴 것 같기도 합니다."

나기 일행이 향한 숲 쪽을 바라보면서 레티시아와 커틀러스가 중얼거렸다.

제6화 「리타의 소원과 따뜻한 기억을 만드는 법」

　우리는 쌍둥이 수인 토토리와 루토리의 안내를 받아 마을로 향했다.

　조금 멀어서 숲에서 야영을 하면서 두 아이에게서 여러 이야기를 들었다.

　이튿날 오후 '정주하는 수인' 네르함 부족의 마을에 도착했다.

"장로님의 손녀들을 데리고 왔습니다."

""""""오오오오오오오옷!?!""""""

　우리가 마을에 들어간 순간 주변이 술렁였다.

　당연하지만 주변에는 온통 수인뿐.

　노인과 어른, 아이, 갓난아기를 안고 있는 엄마도 있었다.

"할아버지~!"

"다녀왔습니다~!"

"오오오오옷!"

　두 아이가 장로님의 가슴으로 곧장 뛰어들었다.

　흐뭇한 광경이었다.

"그럼 저희들은 돌아가겠습니다."

　우리는 즉시 뒤로 돌아.

　그대로 손을 흔들고서 돌아가려고 했더니…….

""""""잠까아아아아아아안!!""""""

수인들이 만류했다.

"부탁이니 이야기를 자세히! 답례를 할 수 있게 해주십시오!"

"서로 신뢰하고 있는 수인 언니랑 그 주인님~!"

"가지 마요. 안 그러면 울 거야~!"

"……'현자 고블린'에 관한 정보는 공유하는 편이 나으려나."

토토리와 루토리에게는 말해 두긴 했지만, 제대로 전달하지 못할지도 모르고.

"그럼 잠시만 실례하겠습니다."

그런 연유로 우리는 수인 마을에서 신세를 지기로 했다.

네르함 부족의 마을은 숲속에 숨듯이 조성되어 있었다.

숲에 난 나무를 그대로 기둥으로 삼아 집을 세웠다. 널지붕에는 낙엽이 쌓여 있고, 그곳에는 꽃망울이 맺혀 있다. 정말로 숲과 하나가 되어 살아가고 있다.

우리는 마을 중심에 있는 커다란 집으로 안내를 받았다.

안내를 해준 수인은 새하얀 귀와 꼬리가 달려 있는 장로님이었다.

"손녀들을 구해 줘서…… 감사하오…… 진심으로……."

장로님이 우리에게 고개를 깊이 숙였다.

"저희들은 그저 지나가는 길에 구했을 뿐이라서."

"그래도 말입니다. 수인은 충성이나 은혜를 잊지 않는 종족이라오."

장로님이 내 손을 잡고서 말했다.

그러고 나서 우리는 사정을 설명했다.

토토리와 루토리를 납치한 것은 수인으로 변한 마물이었다는 사실.

두 아이가 '숲고블린'의 마을에 붙잡혀 있었다는 사실. 그곳을 지나던 우리가 우연히 구해냈다는 사실. 그때 '우연히' 짙은 안개가 고블린 마을을 엄습했음을 장로님에게 전했다.

주범이 '현자 고블린'이라 불리는 상위종이고, 그 녀석이 수인으로 변신했다는 사실도.

우리의 설명을 듣고서 장로님도, 주변 수인들도 모두 놀랐다.

수인은 인기척에 민감하며 감각도 예리하다.

어지간한 변신 스킬이 아닌 한 그들을 속일 수가 없을 테니까.

커틀러스가 보내준 '성녀님의 정보'에 따르면 간파해 낼 수 있는 방법이 몇 가지 있다.

세실의『마력 탐지』.

리타의『결계 파괴(에어리어 브레이커)』……『위장 스킬』은 자신이 다른 형태로 보이도록 결계를 치는 스킬이라서 그렇다고 한다.

그리고 가까이 접근하여 냄새를 맡으면 구별할 수 있단다.

"알겠습니다. 마력과 냄새에 민감한 자한테 순찰을 맡기도록 하지요. 방심만 하지 않는다면 침입자를 적발해낼 수 있을 게요."

"녀석은 모습을 자유롭게 바꿀 수가 있습니다. 고블린, 오우거, 리자드맨, 어쩌면 용으로 변할 수 있을지도 모릅니다. 주의하시길."

"잘 알고 있습니다. 은인이여."

"아뇨, 아뇨, 도움이 되어서 다행입니다."

나는 말했다.

"말이 나온 김에 하나 물어봐도 되겠습니까?"

"무엇이든."

"토토리 씨와 루토리 씨가 '현자 고블린이 수인의 비보를 사용하여 숨겨진 유산을 찾아내려고 한다'고 했습니다. 그게 뭔지 짐작 가는 바 있습니까?"

"……그건."

장로님이 길게 처진 귀를 긁적이며 나를 쳐다봤다.

"좋습니다. 은인 여러분들께 말하도록 하지요. 허나 비밀로."

"알겠습니다."

"비보란 이 마을에 전해지는 『종자의 방울』일 게요. 숨겨진 것을 찾아내는 힘이 있는 아이템이라오. 그리고 유산이란……."

장로님이 잠시 생각에 잠겼다.

"모르겠소. 숲 안쪽 공백지에 미궁의 입구가 있다는 전설은 있지만, 솔직히 우린 흥미가 없는지라."

"미궁 말인가요?"

"그곳에 가봤던 자가 몇 명 있긴 하오. 허나 아무것도 없었다는구려. 그래서 이미 모두들 흥미를 잃고 말았지요. 설령 숨겨진 미궁이 있었다고 쳐도 굳이 자청하여 위험을 무릅쓸 사람은 없으니."

장로님이 그렇게 말하고서 어깨를 들먹였다.

"감사합니다."

나는 고개를 숙였다.

'현자 고블린'은 이 마을의 비보를 노린 것이 틀림없다.

'숨겨진 것을 찾아내는 물건'이라면 미궁을 찾아낼 수 있는 키 아이템이 될지도 모른다.

'현자 고블린'은 그것을 손에 넣어 오래된 유산이 있는 미궁을 찾아내려고 했다고 추측하는 게 자연스러운가.

……어쩌지? 이대로 돌아갈 수도 있긴 한데.

전해야할 말은 다 전했다. 슬슬 집으로 돌아가 이리스와 라필리아를 맞이할 준비를 하고 싶다.

그러나…….

"…………나기."

리타가 불안해하는 표정을 짓고 있었다.

이 마을에 들어선 뒤로 줄곧 그랬다. 리타는 고개를 숙인 채 내 옷소매를 쥐고 있었다.

리타는 인간의 모습으로도, 수인의 모습으로도 변할 수 있는 특수 능력 때문에 가족에게 버림받았던 과거가 있다.

이 마을은 리타가 태어났던 부족은 아니지만, 살고 있는 사람 모두 수인이다. 그래서 리타가 옛 기억을 떠올렸는지도 모른다.

더욱이…… 이 네르함 부족과 적대하고 있는 '이동하는 수인'의 부족도 있으니까.

"좀 궁금한 게 있는데 물어봐도 될까요?"

나는 리타의 손을 쥐고서 말했다.

"루토리 씨와 토토리 씨를 납치한 줄로 오해했던 '이동하는 수인' 부족의 이름을 알 수 있을까요?"

"리토라라족이라오. 그게 왜?"

장로님이 말했다.

"……그렇……구나."

리타가 하우, 하고 한숨을 내쉬는 소리가 들렸다.

"……리타?"

"……내 고향 부족이야."

리타가 그렇게 말하고서 몸을 부들부들 떨었다.

세실과 아이네도 걱정스레 리타를 보고 있다.

"저쪽 부족을 의심하여 미안하다는 뜻을 전하고자 사자를 보냈소. 그와 함께 여러분들이 알려준 정보도 전했다오. 이로써 오해도 풀리겠지요."

"잘 됐습니다."

"이 역시 여러분들의 덕분이라오. 진심으로 감사합니다."

장로님이 또다시 고개를 숙이면서 이 이야기가 끝났다.

……그런데 정신을 차려보니 어느새 날이 저물고 저녁이 되었다.

마을을 더 일찍 나서려고 했는데 이야기를 하다 보니 시간이 가는 줄 몰랐네.

이 늦은 시간에 숲을 지나는 건 위험하기에 우리는 이 마을에서 하룻밤 신세를 지기로 했다.

마지막으로 장로님이 '역시 답례를 하고 싶다'고 해서 스킬 크리스탈을 받기로 했다. 그런데 어떤 능력이었는지 잘 기억이 나질 않는다.

리타가 불안해하며 내 웃옷을 쥐고 있는 게 자꾸만 신경이 쓰였으니까.

"⋯⋯⋯괜찮은걸. 괘념치 않는걸."

이튿날 아침이 밝으면 조용히 마을을 나서기로 하자.

"'이리스 공이 머지않아 이쪽에 도착할 듯합니다'라. 잘 됐다."

나는 『의식 공유 · 개량형』의 창을 닫았다.

시각은 밤.

이곳은 마을 외곽에 있는 손님용 집.

'네르함 마을'은 인간이나 다른 아인과도 평소에 교류가 있어서 상인이나 캐러밴이 종종 찾아온다. 그런 때 손님을 묵게 하는 집이라고 한다.

"'우린 수인들의 마을에 있어. 내일 돌아갈게.' 그리고 송신."

커틀러스 편으로 메시지를 보내고서 나는 침대에 걸터앉았다.

손님용 집이라서인지 의외로 넓다. 방도 널찍하고 개수도 많다. 세실, 리타, 아이네가 각기 하나씩 묵더라도 남을 정도였다.

창문에는 커튼이 세 겹이나 처져 있다. 소리가 밖으로 새어나가지 않도록. '손님의 행동을 엿보거나 말을 엿듣지 않겠다'는 뜻을 드러내는 의미도 있다고 한다.

커튼을 걷으니 나무들이 흔들리는 소리가 들려왔다.

숲속은 이런 느낌이구나.

리타도 어렸을 적에 이 소리를 들으면서 살았을까.

"……리타. 괜찮을까? 이 집에 들어올 때 축 처져 있었는데……."

이 집에 부엌이 있어서인지 아이네가 잘 소화되는 스프를 만들어줬다.

리타는 스프를 마시고서 바로 몸을 뉘였다. 역시 피곤했나 보다.

"……나 참. 동료가 피곤한 줄도 모르다니 주인님 실격이야."

"…………그렇지 않은걸……."

어라?

문 너머에서 소리가 들린 것 같은데……?

"리타, 무슨 일이야?"

"……와우우."

문에서 툭, 하는 소리가 들렸다.

잠시 뒤…….

"들어가도, 돼?"

"좋아. 어서 들어와."

내가 대답하자 문이 스르르 열리더니 리타가 고개를 내밀었다.

안색이 좋아져서 다행이다.

리타는 마을 사람들이 마련해 준 잠옷을 입고 있다. 머리부터 뒤집어쓰는 복식으로, 귀와 꼬리를 밖으로 꺼낼 수 있도록 트여 있는 것이 특징이다.

"몸은 이제 괜찮아?"

"괜찮아. 걱정을 끼쳐서 미안."

리타가 고개를 숙인 채로 내 옆에 나란히 섰다.

"뭘 보고 있어? 나기."

"숲을 보고 있었어."

"그래?"

"옛날에 리타는 이런 식으로 살았을까 생각했어."

"이곳과는 조금 다르려나? 난 '이동하는 수인' 부족에 있었으니까."

리타가 나에게로 어깨를 살며시 붙였다.

가냘픈 몸이 희미하게 떨렸다.

"어렸을 적에는 이동식 텐트를 짊어지고서 사냥감을 찾아 돌아다니기만 했던 것 같은데."

"그래?"

"너무 옛날이라 거의 기억이 나질 않는데……. 아니, 아니야."

리타가 한숨을 내쉬었다.

"기억이 나지 않는다고 믿고 있을 뿐이겠지. 역시나 마음 한 구석에서는 자꾸만 그 시절을 돌이켜보려고 하고 있어. 가족들이 날 두고서 가버렸던 과거도……, 그때 느꼈던 두려움도."

"수인의 신님을 기리는 조각상 같은 것도 있던데? 기억이 나려나?"

마을 중앙에는 커다란 나무가 있고, 그곳에는 늑대 목상이 장식되어 있다.

장로님이 그것이 수인의 수호신이자 조상님이라고 했다.

"'이동하는 수인' 마을에도 똑같은 게 있었어. 먼 옛날에 '숲의 주인이 멋진 귀와 꼬리를 가진 늑대를 반려로 삼기 위해서 수인의 모습으로 바꿨다'는 전설이 있었지. 그 수인이 바로 우리들의 선조님이야. 그 늑대는 수인으로 바뀌기 전의 모습이지……."

리타가 내 손을 꽉 쥐었다.

우리는 한동안 나란히 서서 나무들이 흔들리는 소리를 들었다.

"있잖아, 나기. 들어줬으면 하는 게 있어."

"좋아. 말해봐."

내가 고개를 끄덕이자 리타가 고개를 조금 숙이고서…….

"나, 이 마을에 오고 나서 아직도 과거에 사로잡혀 있음을 깨달았어."

리타가 심호흡을 천천히 하고서 입을 열었다.

"떠올랐어. 가족한테 버림을 받고서 홀로 헤맸던 때가. 그리고 깨달았어. 마음속에는 아직도 어리디어린 내가 있고, 버림받는 것을 두려워하고 있다는 걸."

"……리타."

"그래서 행복한 추억으로 그 기억을 덮어버리고 싶어."

리타가 나를 똑바로 보며 말했다.

"부탁합니다, 주인님. 여기서 제 스킬을 『재구축』해 주세요!"

리타의 손이 엄청 뜨거워졌다. 뺨도 새빨갛다.

"사, 사실은 말이야……, 사실은! 나, 나기한테 '세실 짱한테

했던 걸 내게도 해줘' 하고 말해야 하는 걸 알아. 그래도 나와 나기의 전부가 하나가 되는 건 정말로 중요한 일이니 불쾌한 기억을 덮어 버리기 위해서가 아니라 과거를 완전히 극복해 낸 뒤에 하고 싶어."

리타가 눈을 질끈 감은 채로 말을 이었다.

"물론 나기가 하고 싶다면야…… 좋아. 내 전부는…… 나기의 것이니까."

"……저기, 리타."

"뭔데, 나기."

"나랑 세실이 뭘 했는지 역시나 알아차린 거야?"

"물론. 왜냐면 아이네가 굉장히 기뻐했는걸."

"……누나도 참."

"……언니인걸."

나와 리타는 얼굴을 마주 보고서 쓴웃음을 지었다.

눈치가 너무 빠른 누나라서 참 곤란하다.

"게다가 다 아는걸. 나기랑 세실 짱의 사이에 감도는…… 분위기를. 세실 짱이 진짜 자연스럽게 나기랑 접촉하는 모습을 보면 무슨 일이 벌어졌는지 정도는 다 알 수 있으니까."

"그래?"

"그래."

"…………."

"…………."

화악.

나와 리타의 얼굴이 새빨개졌다. 어라라.

어째서 리타와 단둘이 있는데 세실 이야기를 하는 거야?

어째서 묘한 분위기 속에서 우리 둘의 얼굴이 새빨개 진 거야?

"여, 여하튼 『재구축』 말이지?"

"그, 그래, 중요한 건 내가 나기한테 도움이 되는 거야!"

"그리고 이 마을에서 리타한테 행복한 기억을 선사해 주는 것도 중요하지."

"응. 수인의 전통을 모방하여."

리타가 그렇게 말하고서 잠옷 주머니에서 동그란 물건을 꺼냈다.

손바닥에 올려놓을 수 있을 만큼 작은 은색 방울이었다.

"토토리 짱이랑 루토리 짱이 줬어. 주인님한테 몸과 마음을 모두 내맡긴 수인 노예는 '단둘일 때' 이 방울을 몸에 단다고."

"단둘일 때?"

"단둘일 때!"

리타가 무슨 영문인지 잠옷 옷자락을 누르고 있었다.

······그러고 보니 단둘일 때 하기로 정했던 게 하나 더 있었지.

"아, 예. 이걸 제게 달아 주세요. 주인님."

"응. 알겠어."

나는 방울을 받아 리타의 목걸이에 매달았다.

딸랑, 딸랑.

리타가 고개를 끄덕일 때마다 방울이 아름답게 울렸다.

"그럼 시작할게, 리타."

"……부탁합니다, 주인님."

나는 『능력 재구축(스킬 스트럭처) LV6』을 기동했다.

이번에는 포레스트 스파이더의 스킬과 장로님이 준 스킬을 쓰도록 하자.

『실 이동 LV3』

『실』로 『재빠르게』 『이동하는』 스킬.

이것은 실을 이용하여 숲속을 종횡무진 이동할 수 있는 스킬이다.

그러나 실을 챙겨 다니는 게 번거로운지라 써먹기가 어렵다.

『살기 탐색 LV2』

『살기』가 풍기는 『위치』를 『알아차리는』 스킬.

이 스킬을 지니고 있으면 적의(敵意)에 민감해진다.

이번에는 이 두 스킬을 이용하여 『재구축』하자.

'현자 고블린'의 전례도 있으니까. 리타가 최대한 위험에 덜 노출되도록.

"우선 『실 이동』을 나, 『살기 탐색』을 리타한테 인스톨하고서."

"……웃."

딸랑…… 딸랑.

리타가 벽에 기대어 자신의 가슴에 『살기 탐색』을 집어넣었다.

나도 스스로에게 『실 이동』을 인스톨.

이 스킬은 실이 없으면 사용할 수가 없지만, 어차피 『재구축』할 작정이니 문제없다.

"있잖아……, 나기."

"리타, 왜 그래?"

"고마워. 토토리 짱이랑 루토리 짱을 구하러 가는 걸 허락해 줘서."

"그건 당연하지. 아이들이 갇혀 있으면 구해 주는 게 인지상정이야."

"그래도…… 기뻤어."

리타가 내 어깨에 이마를 댔다.

"왜냐면 처음 본 아이들한테도 상냥하게 대해 줄 정도니까, 핏줄이 이어진…… 아이라면…… 윽, 역시나 아무것도 아냐."

붕붕붕.

딸랑딸랑, 딸랑.

리타가 새빨개져 고개를 가로저었다.

……으음.

"어, 어쨌든 『재구축』할 거지? '현자 고블린'을 대비하기 위해서라도 날 강화해 줘!"

"예, 예."

겸연쩍어서 얼버무리려는 모양인데, 굳이 딴죽을 걸지는 말자.

더 언급했다가는 나도, 리타도 『재구축』만으로 끝나지 않을 것 같으니까.

"간다, 리타."

"……응. 해줘. 나기."

나는 『능력 재구축』 창을 불러냈다. 리타를 모니터하면서 스킬을 개념화.

그러고 나서 리타의 안에 있는 개념 『위치』로 천천히 손을 뻗었다.

"……읏."

내 손가락이 닿은 순간 리타가 하읏, 하고 숨을 내뱉었다.

딸랑, 딸랑.

방울이 아름답게 울렸다.

"……음. 괜찮아. 계속해……."

"이번에는 『4개념 치트 스킬』을 만들 거야. 괜찮겠어?"

딸랑.

대답하는 대신에 리타의 목에 달려 있는 방울이 울렸다.

이곳은 수인의 마을이고 창문에 커튼이 쳐져 있긴 하지만, 소리에 민감한 수인들이 살고 있다.

그래서 리타가 어느새 한 손으로 입을 틀어막고 있었다.

딸랑, 따라라랑.

목걸이에 달려 있는 방울이 대신 대답했다. 괜찮은가 보다.

나는 개념이 있는 『위치』에 손가락을 댔다.

"읏!"

리타의 스킬이 간단히 내 손가락을 삼켜 버렸다.

"──읏!"

따라라랑!

리타의 심장이 두근, 하고 뛰었다. 벽에 등을 댄 채로 리타가 벚꽃색 눈을 번쩍 떴다. 무릎이 부들부들 떨리고 있다. 그러나 리타의 손은 내 손을 놓지 않았다. 그래서 나는 개념 『위치』를 서서히 흔들어 나갔다.

"──읏! 으⋯⋯⋯⋯읏!!"

딸랑. 딸랑. 딸랑!

리타가 몸을 부르르 떨었다. 아름다운 꼬리가 바짝 긴장했다가 스르르 풀어지기를 반복했다. 그때마다 잠옷 옷자락이 흐트러지면서 여러 신체 부위가 훤히 드러났다.

"아우. 응. 크아⋯⋯앙."

"잠깐, 리타?"

리타의 몸이 나에게로 쓰러졌다.

더는 서 있을 수가 없는 듯했다.

"이쪽으로 와. 걸을 수 있겠어?"

"⋯⋯⋯⋯읏."

딸랑. 딸랑. 딸랑.

나는 리타의 가슴에 손을 댄 채로 가냘픈 몸을 침대로 옮겼다.

리타는 그대로 침대 위에 무릎을 대더니 앞으로 엎어졌다. 목덜미와 등에 땀이 맺혀 있다. 이따금씩 꼬리가 꿈틀거리며 잠옷 자락을 들어 올렸지만 리타는 억누르지도 못하고 있었다.

"⋯⋯⋯⋯계속, 해."

리타가 베개에 얼굴을 얹은 채로 나를 쳐다봤다.

"부탁해⋯⋯, 계속⋯⋯. 나, 강해지기로 결심했는걸."

"리타는 충분해 강해. 적어도 난 그렇게 생각해."

"아니야. 난, 겁쟁이인걸. '이동하는 수인' 부족에 관해 차마 묻지 못했는걸. 내 가족 이야기를 들을까 봐 무서웠는걸⋯⋯."

리타의 목소리가 떨렸다.

나는 손을 뻗어 그녀의 머리카락과 귀를 매만졌다.

내 손길에 마음이 차분해졌는지 리타가 안심한 것처럼 하아, 하고 숨을 내뱉었다.

"하지만 나기가 내 대신에 물어봐 줬어. 장로님이 대답해 주는 동안에 줄곧 내 손을 잡아줬어. 그래서 난 괜찮았던 거야. 아직도 살짝 무섭긴 하지만."

리타가 몸을 서서히 일으켜 자신의 등을 내 가슴에 비볐다.

"그래서 난 더욱 강해지고 싶어. 원하는 걸 나기한테 똑바로 말해야 한다고. 세실 짱처럼 해달라고 말이야. 그래도⋯⋯ 역시나 난 겁쟁이라서 일을 제대로 치를 수 있도록⋯⋯ 이렇게, 나기한테 준비를 부탁했는걸⋯⋯."

"⋯⋯역시 대단해. 리타는."

나는 또 리타의 귀를 어루만졌다.

"⋯⋯아이 참. 노예가 어리광을 부리도록 놔두면 어떡해, 주인님."

리타가 그렇게 말하고서 웃었다.

왠지 나도 그 웃음에 이끌려서…… 둘이서 떠들썩하게 웃었다.

그러고 나서 나는 리타의 몸으로 또 손을 뻗었다.

"──하우."

따라라랑.

나는 리타가 익숙해질 수 있도록 『재구축』을 서서히 재개했다.

"읏. 하우………… 나기의 손…… 좋아…… 너무 좋아…… 황홀하고…… 부드러워."

리타가 내 몸에 꼭 달라붙어서는 가냘픈 몸을 떨었다.

마을에서 준 잠옷이 얇은지라 꼬리의 움직임이 잘 느껴졌다.

어떻게 해야 리타의 부담을 줄일 수 있을까, 어떻게 해야 리타가 바라는 대로 해줄 수 있을까.

"읏. 하아……, 목소리, 안 돼. 수인은…… 소리에, 민감…… 다 들리겠…… 앗. …………읏!"

딸랑. 딸랑. 따라라라랑!

개념을 찌를 때마다 방울 소리가 거세졌다.

마치 리타의 반응과 방울이 서로 링크되어 있는 것처럼.

개념의 틈새로 손가락을…… 서서히…… 넣으니 세찬 소리가 들렸다.

"……읏! 으읏! 읏!"

딸랑! 딸랑! 따라랑!!

개념을 살며시 쓰다듬자…… 소리가 부드러워졌다.

"……아. 하우…… 아."

따……랑. 따………….

소리와 리타의 숨결과 체온.

그것들이 곧바로 전해져 와서 왠지 머리가 멍해졌다.

이 방울이 마치 리타의 일부분인 것 같다는 착각마저 들었다. 굉장하네, 수인의 전통은…….

나는 리타의 개념을 풀어헤쳐 나갔다.

완전히 모니터하고 있으니 안다. 리타가 내『개념』을 받아들일 준비를 거의 다 했음을.

나는 손가락 사이로 흐물흐물해진『개념』을 끼우고서 단숨에 마력을 불어넣었다.

"———아앗."

리타가 큰소리를 질렀다.

"아, 아, 아, 아, 아. 나기……가…… 굉장해……."

"갈게. 내『개념』을 리타의 안으로."

"읏. 부탁해……, 해줘. 읏. 아. 아. ………………윽!!"

나는『실 이동』스킬의『재빠르게』와『이동하는』부분을 리타의 스킬에 삽입했다. 두 개념이 동시에 들어가자 리타의 몸이 떨리기 시작했다.

그래도 리타는 목소리를 꾹 참고서 몸을 위아래로 흔들면서 내『개념』을 받아들었다.

"싫어……, 아. …………두 개를…… 한꺼번에……."

딸랑딸랑따라랑. 따라랑. 딸랑.

이제는 방울 소리가 쉴 새 없이 울렸다. 리타의 움직임에 맞춰서 소리가 방 안을 가득 채웠다. 소리에 취한 것처럼 리타의 눈이 흐리멍덩해졌다. 땀에 흠뻑 젖은 몸을 흔들면서 꼬리를 좌우로 마구 휘저었다. 꼬리가 상하지 않을지 걱정스러울 지경이었다.

"나기……, 나기…… 앗. 나기이. 나…… 난…….."

딸랑딸랑딸랑딸랑따라랑. 딸랑딸랑딸랑. 따라랑!

"소리가…… 이제는…… 멈추질 않아……. 싫……어. 아아. 아아. 아아아아앗."

"다 됐다. 갈게, 리타."

"…………웃! 아. 아앙. 예. 와줘요…… 주인……니임."

마지막으로 손가락으로 리타의 안으로 들어간 개념을 확인했다. 위치. 깊이. 마력 반응. 문제없음.

"실행! 『능력 재구축 LV6』!!"

"──────웃!"

따라───────랑. 딸───────랑! ───랑!

방울의 음색이 바뀌었다. 내 귀에는 들리지 않을 정도로 새된 소리로.

리타가 내 몸에 철썩 달라붙더니…….

늘 그래왔듯 내 어깨를 살짝 물고는…….

"…………주인님…… 좋……아해…………."

털썩, 하고 무너져 내렸다.

"…………스으."

잠들었나?

오늘은 일들이 많았으니까.

리타는 늘 선봉에 서서 싸운다. 이번에도 토토리와 루토리의 위험을 제일 먼저 알아차렸다. 그런 리타를 지킬 수 있을 만한 스킬을 만들어 봤는데…… 잘 된 것 같다.

『감지 순동(瞬動) LV1』(4개념 치트 스킬)
『살기』를 『재빠르게』 『알아차려』 『이동하는』 스킬.

살기에 반응하여 이동속도가 상승하는 스킬이다.

전투 때는 이동속도가 무지막지하게 상승하고, 색적 중일 때는 적이 스킬 소유자의 존재를 알아차린 순간 스킬 효과가 발현된다. 속도가 2배에서 4배 정도 상승한다.

이 스킬이 있으면 여차할 때 리타는 초고속으로 달아날 수 있겠지.

리타의 충성심을 높이 사긴 하지만, 스스로를 돌보지도 않고 행동하는 경향이 있어서 대책을 마련해 두고 싶었다.

"…………음냐. 나기……, 나…… 제대로 했지…….”

"잘했어. 고생했어……, 리타.”

"……집으로 돌아가면, 이번에는 진짜로…… 제대로…….”

"……응. 약속할게.”

나는 졸음이 쏟아지기 전까지 리타의 머리를 계속해서 쓰다듬었다.

그렇게 늦잠을 잔 우리는……

"좋은 아침이야. 나 군, 리타 씨."

"아이네?"

"와우우웃?!"

문 너머에서 아이네의 목소리가 들려오자 우리는 황급히 벌떡 일어섰다.

"아, 아냐! 나, 그게, 잠이 통 안 와서 나기의 얼굴을 보러 왔다가 그만……."

"괜찮아. 이 언니는 다 알아. 아침밥, 여기에 놔둘 테니 둘이서 먹도록 해."

아주 기뻐하는 듯한 목소리였다.

……아이네, 단단히 오해했구나.

"오늘 아침 식단은 나무 열매야. 구운 뒤 잘 말리면 예쁜 소리가 울려. 이거 봐."

따~랑. 따라랑.

"……앙. 하웃!"

어라? 리타?

왜 얼굴을 붉히고서 허벅지를 꾹 누르고 있는 거니?

"아? 어라? 나, 어째서……."

따~랑. 따라랑.

"아우. 하웃."

"설마 조건반사?!"

방울 소리를 들으면서 『재구축』을 했기에 비슷한 소리를 들으면 저절로 그 당시가 떠오르는 건가…….

"아이 참~. 이거, 어떡해."

"……리타 씨, 좋겠네."

"하나도 안 좋은걸……, 웃!"

아침이 밝은 네르함 마을에 리타의 비명이 울려 퍼졌다.

그 뒤에 우리는 마을을 떠나려고 했는데…….

"기다려 주시게나! 방금 전에 아침 순찰을 나갔던 사람이 보고를 했다네."

마을 장로님이 불러 세웠다.

"새벽에 사냥을 나갔던 마을 사람이 크게 다쳤다는구먼. 어쩌면 '현자 고블린'과 그 무리들이 숲을 배회하고 있을지도 모르네!"

수인 장로님이 심각한 표정으로 말했다.

제7화 「징그러운 고블린 군단을 쓰러뜨리려고 했더니 멋진 이름이 붙여졌다」

"왔습니다! '숲고블린' 무리! 숫자는 20마리, 태도를 들고 있는 '홉고블린'과 양손에 칼을 든 '달인 고블린'이 이끌고 있습니다!!"

날이 밝은 네르함 마을에서 외침이 울렸다.

동시에 마을을 에워싸고 있는 숲에서 뿔피리 소리가 울려퍼졌다.

"저 소리는?!"

"……'이동하는 수인' 부족이 전투를 벌이기 전에 부는 뿔피리 아닌가."

장로님이 알려줬다.

그러고 보니 성녀님이 말했었지. '이동하는 수인' 부족도 물건을 빼앗겼다고.

그것이 저 '뿔피리'인가?

"칠흑 같은 귀와 꼬리를 지닌 수인을 발견! '숲고블린' 배후에 있습니다!!"

보고가 잇달아 들어왔다. '검은 수인'이 한순간 출몰했다가 금세 모습을 감췄다고.

"두 아이를 납치하고, 대립하는 부족의 소유물을 강탈한 뒤에 이쪽 마을을 공격했다? 그렇게 하면 수인이 고블린을 조종하여 공격한 것처럼 보이……려나?"

"그럴 듯한 이야기로구먼."

내가 말하자 장로님이 고개를 끄덕였다.

"귀하의 이야기를 듣지 않았다면 그렇게 판단했을지도 모르겠구먼."

"도움이 되어 다행입니다."

"적들은 마을 사람들이 막도록 하겠네. 손님 여러분들은 토토리와 루토리를 살펴 주게나."

장로님이 그렇게 말하고서 집을 나갔다.

이곳은 마을 중앙에 있는 장로님의 저택이다.

고블린이 습격해왔다는 이야기를 듣자마자 우리는 이곳으로 불려왔다.

전투가 끝날 때까지 토토리와 루토리의 곁에 있어 달라는 부탁을 받아서였다.

"…………우우."

"싫어어. 납치는, 무서워어."

작은 수인 소녀들이 모포를 뒤집어쓰고서 부들부들 떨었다.

"둘 다 괜찮아."

리타가 두 아이의 옆에 앉았다.

"수인은 강하거든. 고블린 쯤이야 금세 무찔러 줄 거야."

"……하지만, 하지만."

"그 고블린들의 힘에는 비밀이 있어."

"힘에 비밀이 있다고?"

내가 묻자 토토리와 루토리가 고개를 끄덕였다.

"할아버지한테 말했어. 근데 웃기만 했어……."

"그런 농담은 재미가 없대. 하지만……."

두 아이가 눈물이 그렁그렁 맺힌 눈으로 말하기 시작했다.

—같은 시각 '네르함 마을' 인근 숲. 교전 중—

"구오오오아아아아아아아아!!!"

'숲고블린'의 검이 마을 사람의 어깨를 벴다.

"부상자는 물러나라! 이 녀석들, 심상치가 않아!!"

"'숲고블린'은 얌전한 종족이건만…… 어째서?!"

"『흉포화(버서크)』했다! 방심하지 마!!"

마을 사람들이 외쳤다.

마을 사람들이 휘두른 검이 '숲고블린'에 적중하고 있다. 그런데도 적은 멈추지 않았다.

'숲고블린'은 눈이 시뻘개져서는 고통 따윈 느껴지지 않는 것처럼 덮쳐왔다.

"『흉포화』의 효과는……, 분노로 인해 공격력이 상승하고 통각이 차단되는 것이었냐! 성가시구만!"

네르함 마을의 주민들은 모두 수인이다.

통상 고블린보다 움직임과 반사속도 모두 훨씬 우월하다.

그러나 지금 '숲고블린'은 고통을 느끼지 못할 뿐더러 근력이 강해져서 속도까지 더 빨라졌다.

더욱이 '달인 고블린'과 '홉고블린'까지 있으니…….

"궁병! 지원 공격!!"

마을 사람이 외쳤다.

휴웅. 휴우웅. 활시위를 당기는 소리가 들렸다.

"그루우아아아아아아아!!"

화살을 맞은 '숲고블린'이 검을 힘껏 휘둘렀다.

그 검을 막아낸 수인이 튕겨져 나갔다.

"말도 안 돼.『홍포화』의 힘을 가늠도 못하겠어……."

"고으아아아! 그아! 그가아아아아아아!!"

마을 사람에게 일격을 가한 '숲고블린'이 한동안 검을 계속 휘둘러댔다.

그리고 몇 분 뒤 맥없이 쓰러졌다.

"……어째서지? 너희들, '숲고블린'은 우리랑 싸웠던 적이 없었잖아?"

"……그오아아."

쓰러진 '숲고블린'은 대답하지 않았다.

그 모습에 흥분했는지 다른 마물들이 소리를 질러댔다.

『홍포화』된 '숲고블린'이 아직도 열 마리 이상 남아 있다.

뒤쪽에는 '홉고블린'과 '달인 고블린'……, 그리고 모습을 드러내지 않는 검은 수인이 대기하고 있다.

"……어쩌면 좋지……."

마을 사람들의 이마에 땀이 흘렀다.

"가아아아아! 그오오아아아! 그가아아아아아!!"

"왜냐고! 대체 왜 저렇게 화가 난 거냐고!!"

그 물음에 '숲고블린'들은 답하지 않았다.

"그가아아아아아아아!!"

'숲고블린'들은 오로지 절규하며 마을 사람들에게 무기만 휘두를 뿐이었다.

마을 사람들의 머릿속에 물음표가 떠올랐다. 영문을 모르겠다.

'숲고블린'들을 이토록 '흉포'하게 만든 비밀이란…….

—같은 시각 '네르함 마을' 장로의 집—

""'숲고블린'들은 하루에 세 시간밖에 자질 않아!!""

토토리와 루토리가 외쳤다.

"""…………예?"""

나와 세실, 리타, 아이네가 어리둥절한 표정을 지었다.

"그게 힘의 비밀이야."

"그래서 그 녀석들은 화가 나서 '흉포'해진 거라고!"

토토리와 루토리가 벌벌 떨면서 알려줬다.

"'현자 고블린'이 우릴 겁줬어."

"'수면부족 숲고블린'은 '흉포'해서, 눈에 뵈는 게 없어진대……."

""그래서 도망쳤다가는 어떻게 될지 장담 못 한다……고.""

토토리와 루토리의 이야기에 따르면 '현자 고블린'은 '숲고블린'의 수면 시각을 줄여서 '흉포'하게 만든 것 같다.

'현자 고블린'은 그 고블린을 강화형 '수면부족 숲고블린'이라고 부른단다.

"'현자 고블린'이 웃었어. 『수면 시간 삭제(델리트 슬립퍼)』는 한창 활약하던 용사를 관찰하여 고안해 낸 기술이라고."

"'숲고블린'한테 일거리를 잔뜩 줘서 수면시간을 줄인대."

"일을 다 마치면 푹 잘 수 있다고 속이는 거야. 일을 다 마치면 즉시 다급하다는 핑계를 대면서 일거리를 또 던져줘."

"그렇게 분노를 축적시키고서 강적한테 쏟아 붓게 해. 마을에 온 고블린들은 틀림없이 한계까지 잠을 못잔 '숲고블린'일 거야!"

······'현자 고블린'은 악질이구나.

수면 시간이 하루에 세 시간.

그 상태로 숲을 이동하여 마을을 습격하게 했다. 과중 노동이다.

'숲고블린'을 수면 부족과 과로로 한계까지 몰아넣은 뒤 그 스트레스를 이용하여 『흉포화』시키다니······. 아무리 마물이라고 해도 수법이 너무 사악하다.

당연히 화가 나겠지! '흉포'해지겠지! 마물일지라도!

······예전 세계에도 그런 게, 있었지.

상부에서 납기일이 매우 촉박한 일거리를 받고는 '이 일을 마치는 대로 돌아가도 좋아. 잔업비도 지불할게'라면서 알바인 나까지 심야 잔업을 시켰다. 차마 도망칠 수가 없었다.

감당할 수 없을 것 같은 분량의 입력, 점검, 수정 작업을 억지로 강요했고, 겨우겨우 일을 끝마치면 다른 일거리를 던져줬다. 윗사람이 말했던 '이 일을 끝마치는 대로······'라는 약조를 내가 믿었던 건 두 번째까지. 세 번째에는 달아났다. 알바라서 가능하긴 했지만, 도망치지 못했다면 어떤 꼴을 당했을는지······.

이 세계의 '현자 고블린'은 그와 비슷한 짓을 벌인 건가?

양전한 '숲고블린'을 지배한 뒤 수면시간을 줄이면서까지 일을 시켜 화를 부추겼다.

'흉포'하게 만들고, 판단력을 잃게 하고, 여자애를 유괴하도록 하고……, 마을을 습격케 하고…….

"……오랜만에 부아가 치미네."

뭐가 비보냐. 설령 오래된 유산이 있다고 쳐도 그딴 녀석에게 넘겨줄 성싶나.

그렇게 된다면 이 세계가 문자 그대로 새카만 어둠(블랙)에 물들 뿐이잖아.

"'숲고블린'들이 다 망가진 것 같았어."

"고으아아아아아아(난 두 시간밖에 못 잤다)! 그브아아아아아(오늘 난 고직 한 시간 반)!!…… 하고 말했어. '현자 고블린' 앞에서 오들오들 떨면서……."

"고블린의 말은 잘 모르겠지만…… 왠지 그 심정만은 전해져 와서…… 그래서……."

"…………무서워……."

"이제 됐어. 이제 그만해도 돼."

리타가 울음을 터뜨린 두 아이를 끌어안았다.

"아이네. 『흉포화』된 마물이 어떻게 된다고 했더라?"

"힘이 강해지고 통각이 둔감해져."

"『흉포화』에도 레벨이 있구나."

"최고 레벨에 이르면 살기가 지독해져서 상대하기가 힘들대."

"잠을 못자서 울분이 쌓였으니 그 분노가 상당하겠네."

"레벨3 수준으로 강해진 것 같아."

정면에서 맞부딪치면 위험하겠는데.

더욱이 적 배후에는 '달인 고블린', '홉고블린', 그리고 '현자 고블린'이 버티고 있다.

"하는 수 없지. 살짝 거들어 줄까?"

"나기 님!"

"하는 거야? 나기."

세실과 리타가 내 얼굴을 보고서 웃었다.

"이대로는 차마 집으로 돌아갈 수가 없으니까. 귓갓길을 막는 장애물을 처리하는 김에 '현자 고블린'의 정체를 확인해 두고 싶어. 그 녀석이 정말로 마왕의 수하라면……."

왕도에 있는 용사에게 알려두는 편이 낫겠지.

영웅이 되고 싶어 하는 사람이 많으니까.

"하, 하지만, 하지만."

"'흉포'해진 고블린이야. 무서워."

토토리와 루토리가 울상을 지었다.

"괜찮아."

나는 토토리와 루토리의 머리를 쓰다듬었다.

"적어도 마을 사람들을 도울 수는 있을 거야. '운이 아주 좋다면' 적의 대장을 사로잡을 수 있을지도 모르고. '우연히' 운이 아주 좋아야지만' 가능하겠지만."

"우연.'"

"'운이 아주 좋다면.'"

토토리와 루토리가 눈을 감았다.

우리가 구출하러 갔을 때를 떠올렸는지 얼굴에 웃음이 활짝 번지더니…….

"응! 믿을게, 오빠!"

"왜냐면 모두들 '우연히' '운이 아주 좋은걸'!!'"

좋았어.

"'부탁해요, 용사님!!'"

"'용사'는 빼고."

"'엥~.'"

뭐가 엥~ 이야. 나는 '용사'라는 말을 싫어해.

"으~음."

"그럼 말이야."

"'숲을 질주하는 짐승의 주인'!!'"

토토리와 루토리가 입을 모아 말했다.

"'숲을 질주하는 짐승의 주인'……이라니?"

"……수인을 탄생시킨 계기가 된 영웅을 가리키는 말이야. 나중에 말해줄게."

무슨 영문인지 리타가 부끄러워하며 말했다.

"'다녀와요! 모두의 주인님!!'"

"힘껏 해볼게."

그럼 마을을 어지럽히고 있는 '수면부족 숲고블린'의 정체를 밝히러 가볼까?

제8화 「『흉포화』된 숲고블린에게 강제수면을 제안해 봤다」

수인들이 세운 방어선이 무너지려고 하고 있었다.

"그가아아아아앗! 갓!"

"틀렸어! 이 녀석들…… 감당이 안 돼!!"

수인 전사가 비명을 질렀다.

'숲고블린' 떼가 나무들 사이를 누비듯 돌진해왔다.

부상을 입었는데도, 동료 고블린이 쓰러졌는데도 그 기세가 가라앉지 않았다.

"……토토리랑 루토리가 겨우 돌아왔는데 이대로 가다가는 마을이…….."

"그가라아아앗! 그가! 고오오오오오!!"

'숲고블린'들이 지독한 살기를 뿜어내고 있었다.

무심코 '어? 우리가 뭔가 나쁜 짓을 저질렀나?' 하는 생각마저 들게 할 만큼 고블린의 눈에는 분노가 가득했다. 물불을 가리지 않는 그 기세에 그녀와 주위 수인들이 휩쓸리기 시작했다.

"그오오오오오오오——옷!!"

무시무시한 '수면부족 숲고블린'들이 마을을 향해 서서히 다가갔다.

'수면부족 숲고블린.'

'현자 고블린' 때문에 심각한 수면 부족에 시달리는 '숲고블린'들.

'숲고블린'은 본디 얌전한 종족이지만, 잠을 자질 못해서 중증의 『흉포화』 상태에 빠져 있다.

이 일을 마치면 잘 수 있다는 약속을 철썩같이 믿고서 싸우고 있다.

현재 그들은 공격력과 고통 내성이 상승되어 있는 대신에 판단력이 떨어져 있는 상태다.

"……그오."

불현듯 '숲고블린' 한 마리가 뒤를 돌아봤다.

저 너머 나무들 사이에서 이쪽을 지켜보고 있는 '흡고블린'과 '달인 고블린'을 보고는 부들부들 떨면서 또다시 절규했다.

무기를 마구 휘두르면서 수인들에게로 달려갔다.

"다 함께 포위해! 절대로 일대일로 싸워서는 안 돼!"

수인들을 지휘하고 있는 소녀가 날카롭게 외쳤다.

"그가라아아아아앗!"

그녀의 지휘에 따라 수인들이 뭉쳤다. 그러나 '수면부족 숲고블린'들은 멈추지 않았다.

수인들의 진형을 아랑곳하지 않고 바로 파고들었다.

"노노토리 님! 물러나십시오!!"

"더 물러나서 뭘 어쩌라고?!"

노노토리라 불린 소녀가 외쳤다.

"장로의 손녀로서 내게는 마을을 지킬 의무가……."

"여성과 아이만이라도 달아나십시오. '숲고블린'을 더는 저지할 수가······."

주변 수인들이 그녀를 쳐다봤다.

수인 소녀······, 장로의 손녀인 노노토리가 눈길을 돌리고서 고개를 떨궜다.

저『흉포화』된 고블린들은 이상하다. 죽음을 각오한다면 저지할 수 있을지도 모르겠지만, 피해가 막심해질 것이다. 전력을 모조리 소진해 버린다면 배후에 있는 '홉고블린' 및 대장들에게 대항할 수가 없게 된다.

정말로 잠시 마을을 벗어나든가······ 하다못해 아이들만이라도 도피시켜야 할지도 모른다.

노노토리가 그렇게 생각했을 때······.

"자, 미안해요. 잠시 지나갈게요~."

질풍이 노노토리와 고블린들 사이를 꿰뚫었다.

그 순간······.

슈~웅.

노노토리를 습격하려고 했던 '숲고블린'이 허공으로 날아가 버렸다.

"…………고브?"

"…………어?"

수인 노노토리가 입을 헤 벌렸다.

느닷없이 나타난 금발 소녀가 노노토리의 눈앞에 있던 '숲고블린'에게 발차기를 날린 것이다.

"……다, 당신은."

"미안. 얘기는 이따가."

노노토리가 말을 건 순간 그녀가 달려가 버렸다.

나무 뒤로 숨었나…… 싶었던 순간…….

"그오? 그가아아아?!"

"자, 길 좀 비켜~."

슈~웅.

다른 위치에서 '숲고블린'의 비명이 들리더니 발차기를 맞은 마물이 허공으로 날아갔다.

"저리 좀 비켜 줄래?"

슈~웅. 슈~웅.

발차기를 맞고서 또 날아가 버린 '숲고블린'이 두 마리……,

세 마리.

긴장감이 없는 목소리가 들릴 때마다 고블린의 몸이 허공에 떠올랐다.

'숲고블린'이 얻어맞고 있다는 것, 발차기를 맞고 있다는 건 알겠다. 그런데 그 움직임이 보이지 않았다.

소녀가 나무와 나무 사이로 재빠르게 이동했다.

오른쪽 나무 뒤로 이동했나 싶으면 반대쪽 나무 뒤에서 나왔다. 아래로 꺼졌나 싶으면 위에서 솟아났다. 노노토리와 다른 수인들이 시선을 돌리는 사이에 소녀는 벌써 다른 위치로 이동해버렸다.

"……그르."

타격을 받은 고블린들이 일어났다. 큰 피해를 입지는 않은 듯했다.

그러나 그들은 마을에서 멀어지고 말았다. 필사적으로 나아갔는데 단숨에 허사가 되고 말았다.

"저, 적이 멀어졌습니다! 노노토리 님!"

"그, 그렇군요!"

잘 모르겠지만 방어측이 유리해진 것은 틀림없다.

밤색 머리를 쓸어 올리고서 장로의 손녀……, 노노토리가 목소리를 높였다.

"좋아요. 바로 지금입니다! 태세를 정비해요! 부상당한 동료는 후방으로!"

"""예!"""

수인들이 외쳤다.

노노토리가 지시한 대로 그들은 부상당한 동료를 후방으로 옮겼고, 검과 방패를 다시 쥐었다.

"…………그오오!"

'숲고블린'들이 다시 일어서 마을을 향해 뛰기 시작했다.

그러나…….

"아, 미안. 잠시만 더 떨어져 줄래?"

슈~웅! 슈~웅! 슈우~웅!!

""""그브나아아아아아아앗?!""""

'숲고블린'들의 몸이 또다시 허공으로 날아갔다.

장로의 손녀 노노토리가 눈이 휘둥그레져 그 광경을 쳐다봤다.

금발 소녀의 움직임이 너무나도 빨랐다. 뛰어난 수인조차도 그 모습을 포착할 수가 없었다.

『흉포화』된 마물들을 완전히 농락하고 있다.

"이자시이이이이이이이이!"

고블린의 절규가 울렸다.

그들은 새빨개진 눈을 빛내며, 강렬한 살기를 뿜어내며 '수수께끼의 실루엣'을 잡아 내려고 했다.

그러자 그 '수수께끼의 실루엣'이…… 슛…… 하고 사라졌다.

"……말도 안 돼. 더 빨라질 수 있는 거야?"

희미하게, 놀란 듯한 목소리가 들렸다.

그리고…….

벌러덩. 벌러덩. 벌러덩.

"…………그보아."

"그르르?"

"그가? 라?"

다리가 차인 '숲고블린'들이 일제히 땅바닥에 넘어졌다.

"""…………우? 우에에에에엥?"""

마물들의 입에서 비명 같은 소리가 새어나왔다. 이제는 싸움
이 되지 않는 듯했다.

"…………뭐야? 저 힘은."

노노토리가 아연실색하며 중얼거렸다.

그 속도와 적확한 움직임. 모든 수인들이 추앙할 만한 존재였다.

"저 사람이야말로 '숲을 질주하는 짐승의 주인'…… 그의 종자
(從者)일지도 몰라……."

"……노노토리 님. 전령입니다! 장로님께서 작전을 제안하셨
습니다."

목소리가 들렸다.

뒤를 돌아보니 그녀의 배후에 마을에서 온 전령이 있었다.

"어서 말하세요."

"예. 장로님께서 말씀하셨습니다. '수면부족 숲고블린'을 무력화할 수단이 있다고."

전령의 설명을 듣고서 소녀 노노토리가 눈빛을 반짝이며 고개를 끄덕였다.

그러고는 그 지시대로 동료 수인들과 함께 움직이기 시작했다.

"기그가아아아아아아아!!"

'수면부족 숲고블린'이 핏발이 선 눈으로 사방을 노려봤다.

자신들이 내뿜고 있는 『살기』 때문에 소녀의 스킬이 도리어 강화되었음을 알아차리지 못했다.

『감지 순동(어웨이킹 퀴클리) LV1.』

『살기』를 『재빠르게』 『알아차려』 『이동하는』 스킬.

『감지 순동』은 주변의 살기나 공격 의사에 반응하여 이동속도를 올려주는 스킬이다. 일반전투에서는 2배에서 4배. 적이 많으면 많을수록 그 속도는 빨라진다.

이곳에 있는 고블린의 숫자는 십여 마리. 그 모두가 리타에게 강렬한 살기를 드러내고 있다.

지금 리타는 가속장치를 부착하고 있는 상태나 마찬가지였다.

"이쪽! 으음, 다음은 이쪽!"

나무 뒤에서 나무 뒤로.

리타는 위치가 발각되지 않도록 고속으로 이동했다.

벌러덩.

"그가라아아앗!"

고블린에게 가볍게 일격을 가하여 넘어뜨린 뒤 또다시 이동.

"수인의 마을인걸. 지켜야하는걸. 주인님이 모처럼 스킬을 줬
으니까!"

그리고 사명을 완수한다.

리타의 역할은 '수면부족 고블린'을 무력화하여 '현자 고블린'
을 앞으로 이끌어 내는 것이다.

"에잇! 에잇에잇에잇에잇!

벌러덩벌러덩. 벌러러덩!

리타는 고속으로 달리면서 고블린들을 잇달아 넘어뜨렸다.

"작전 제1단계 클리어! 주인님, 어서 제2단계로!!"

"그오…………."

'수면부족 숲고블린'들이 두 손을 땅에 짚고서 일어섰다.

지금 그들에게는 휴식이 허용되지 않았다. 이 마을만 공략한다면 푹 잘 수 있다.

"가아아아앗!"

'수면부족 숲고블린'들이 마을을 향해 달리기 시작했다.

『홍포화』되어서 머릿속이 새하얗다.

그들의 머릿속에는 오로지 '이 사명을 완수하면 잘 수 있다'는 생각뿐이었다.

모두가 예외 없이 무기를 쳐들고서 질주했다.

"⋯⋯저, 전원, 퇴각――!!"

밤색 머리 수인이 외쳤다.

'숲고블린'들의 기세에 공포를 느꼈는지 적들이 좌우로 나뉘어 흩어졌다.

"고브아아아앗! 아앗! 카하악!"

'숲고블린'들이 커다란 입을 일그러뜨리며 웃었다.

이겼다.

이로써 푹 잘 수 있다. 일을 마치면 꿈조차 꾸지 않을 정도로 아주 푹⋯⋯.

"그전에 저지하겠어요!『마법 속성 변경 : 풍』!!"

목소리가 들렸다.

"'그것은 모든 것을 막아내는 부드러운 공기층. 부드러운 맞바람'——'고대어 마법 바람의 벽(윈드 월)!!"

휴웅.

'수면부족 숲고블린'들의 눈앞에 느닷없이 바람이 생겼다.
마치 따뜻한 지방의 적당히 데워진 따스한 바람.
그 바람이 점점 거세진다.

산들바람——강풍——열풍——폭풍——!

국지적으로 발생한 맞바람이 고블린들의 얼굴을 때렸다.

"——그오?"

고블린들의 기세가 멎었다.
나아갈 수가 없다.
국지적으로 불어대는 폭풍이 '수면부족 숲고블린'들의 몸을 짓
누르고 있다.
"그오? 부오오오오오오오?!"
고블린들이 꿈쩍도 하지 못했다.
'화염의 벽'의 바람 버전인 '바람의 벽'은 폭풍의 장벽이 되어
고블린들의 돌진을 완전히 막아내고 있었다.
'바람의 벽'은 타인이 통과하지 못하도록 한정된 공간에 폭풍

을 발생시킨다. 문자 그대로 두꺼운 벽처럼.

고블린들을 요격하기 위해서 나무와 나무 사이에 그 벽이 배치됐다.

"과?! 그우우!!"

고블린들이 필사적으로 다리를 바동거렸다.

어차피 맞바람에 불과하다. 제아무리 거센 바람일지라도 기를 쓰고 나아가면 돌파할 수 있을 터.

『흉포화』된 그들은 우회한다는 생각을 하지 못했다.

곧장 전진하여 필사적으로 '바람의 벽'을 뚫으려고 했다.

"발동──『속박 가창(송 오브 바인딩)』──"

그러나…… 불현듯 들려오는 노랫소리가 고블린들의 몸을 얽맸다.

"……그?"

"그그그?"

"그가? 고게가……?"

고블린들이 주변을 둘러봤다. 그러나 그 목소리의 주인의 모습은 보이지 않았다.

노랫소리는 나무들 위에서 들려왔다.

아름다운 가성이 숲에 울려퍼졌다. 더욱이…… 묘하게 마음이 편안하다.

그 노래를 듣고 있던 고블린들의 몸이 점점 무거워진다…….

"……분노한 자들이여…… 잠들어라."

"그갓고고고…… 가고(자장가……잖아?!)."

'숲고블린'은 말뜻을 모른다. 그러나 그 멜로디가 졸음을 부추기고 있다.

야단났다. 지금은 졸음을 참고서 필사적으로 싸워야하는데.

이런 때에 부드러운 자장가를 듣는다면…….

"……지금은 안식의 시간. 그 무기를 내려놓고서 안락한 시간을. ……당신의 눈앞에는 바람의 이부자리. ……그곳에 몸을 맡기면 당신이 원하는 잠을…….'

"그가아아아앗?!"

고블린들이 고개를 저었다.

그러나 보이지 않는 사슬이 그들의 몸을 서서히 조이기 시작했다.

"……이제 애를 쓸 필요 없어. ……잠들어도 좋아. ……산들바람 이부자리에서…… 잠들어."

'바람의 벽'의 세기가 서서히 약해지기 시작했다.

역풍이 부드러운 바람으로 바뀌어 그들의 몸을 받아주고 있다. 그것은 그야말로 바람의 이부자리였다.

"⋯⋯⋯⋯우우."

고블린들의 호흡이 느슨해져간다.

무거워져가는 몸을 '바람의 벽'이 받쳐두고 있다. 그리고 부드러운 자장가까지.

눈꺼풀이 스르륵 감기고⋯⋯.

"⋯⋯⋯⋯헉?!"

무심코 곯아떨어질 뻔한 '수면부족 숲고블린'이 고개를 들었다. '안 잤습니다, 안 잤어요' 하고 항변하듯 고개를 저었다.

"이제 애쓰지 않아도 돼. 잠들어."

불현듯 나타난 메이드복 차림의 소녀가 대걸레로 '수면부족 숲고블린'의 얼굴을 문질렀다.

털썩.

대걸레에 문질러진 '수면부족 숲고블린'이 그대로 정신을 잃었다.

그 광경을 본 다른 마물들은 생각했다.

'⋯⋯아아, 기분 좋을 것 같아.'

잠을 자도 되지 않나?

더는 애를 쓰지 않아도 될지도 모르겠다.

왜냐면 보다시피 벌써 잠에 든 자도 있으니까.

나도…… 나도…….

"……편안한 바람의 이부자리에서 자도록 해. '수면부족 숲고
블린'이여."

목소리가 들렸다.
역시나 의미는 알 수가 없다. 그러나 부드러운 목소리였다.
"너희들을 조종하고 있는 녀석은…… 우리가 어떻게든 처리할
테니 잘 자도록 해."

"…………그가아."
"……스으."
"……그고고."

그 목소리에 안심했는지 고블린들이 하나둘씩 잠 속으로 빠져
들었다.
한 마리……, 또 한 마리…….
그리하여 모든 '수면부족 숲고블린'들이 편안하게 잠들었다.

"""수면부족에 시달리는 적을 자장가로 재우다니 대단한 전략
이군요. 장로님!!"""
"그렇지……, 그렇긴 하다만…………."
장로님, 이쪽을 보지 마요.

아까 전에 '장로님이 작전을 고안한 것'으로 말을 맞추기로 했 잖아요?

"작전 성공인가?"

수마(睡魔)에게 패배한 고블린들이 편안히 자고 있다.

우리는 눈에 띄지 않도록 나무 뒤편에 숨어 있다.

여기에 있으면 마을 내부도, 고블린들의 상태도 모두 파악할 수가 있으니까.

"잠을 못 자게 하여『흉포화』시킨 게 되레 화근이 됐네, '현자 고블린'."

매일 수면 부족에 시달리면 사람은 전철 안에서도 잘 수가 있 다. 서서 손잡이를 쥔 채로.

그렇다면 정면에서 충돌하기보다 재우는 편이 훨씬 낫지.

"이번에는 리타의『감지 순동』덕분인가?"

"수인들도 깜짝 놀랐어요. 리타 씨의 속도에……."

내 옆에서 세실의 눈이 휘둥그레졌다.

『감지 순동』은 적이 살기를 뿜어내면 뿜어낼수록 이동속도가 빨라진다.

고블린 십여 마리의 살기가 리타를 초가속시킨 모양이다.

작전은 간단했다.

세실이『속성 변경』으로 '바람의 벽'을 구사하여 고블린의 몸 을 막아낸다.

그러고는 리타가『속박 가창』을 가볍게 걸어서 고블린의 움직 임을 둔하게 한다. 본인들이 '몸이 무거워졌다'고 느낄 수 있도록. 마지막은 아이네가 자장가로 노곤하게 만들어 기절시키면 끝이다.

"다녀왔어요, 주인님."

돌아온 리타가 내 몸에 어깨를 착 붙였다.

"어서와. 괜찮았어?"

"물론. 『감지 순동』은 쓰기 쉬운 스킬이었는걸. 주인님이 말한 대로 『속박 가창』을 약하게 조절한 덕분에 체력과 신성력 모두 충분히 남아 있어."

우리는 숲 쪽을 봤다.

저 너머 나무 뒤에는 이도류를 구사하는 '달인 고블린'과 태도를 쓰는 '흡고블린'이 남아 있다.

녀석들은 '수면부족 숲고블린'들의 상태를 보고 애가 타는지 이빨을 드러내며 마을 쪽을 노려보고 있었다.

도망칠 기미는 없는 것 같다……고 여겼더니…….

""부오오오아아아아아아아아아아아아!!""

녀석들이 외치면서 달리기 시작했다.

마을 사람들은 한창 고블린들을 결박하고 있는 중이다. 싸우던 수인들은 달아나 버려서 호위하고 있는 숫자도 적다.

이길 수 있으리라 예상했겠지만 섣불렀다.

"""하나 둘 셋~!!"""

숲의 나무들이 흔들렸다.

수인 전사들이 좌우에서 '달인 고블린'과 '홉고블린'을 덮쳤다.

"".............어?""

작전은 2단계로 구성되어 있다.

우리가 '수면부족 숲고블린'을 잠재워 무력화한다.

적이 그것에 정신이 팔려 있는 사이에 좌우로 우회한 수인 전사들이 '달인 고블린'과 '홉고블린'을 집단으로 두들겨 팬다. 그뿐이다.

'달인 고블린'과 '홉고블린'은 얌전한 '숲고블린'을 위협하여 마을을 습격케 했다. 쓰러뜨리더라도 문제는 없겠지.

""......아, 아, 아아아아.""

""감히 '숲고블린'을 『흉포화』시켜 우리 쪽으로 보내다니…….""

""갸아————————!!""

수인 마을 사람들의 분노가 작렬했다.

"세실. 『고대어 마법』을 아직 쓸 수 있어?"

"예. 나기 님한테서 마력을 받았으니까요."

"질문이 하나 더 있어. 『고대어 마법』으로 쓰는 '등불'을 풍속성으로 바꾸면 어떻게 돼?"

"바람으로 상대의 오감을 봉쇄하는 마법으로 변합니다."

세실이 손가락을 턱에 대고서 고개를 갸웃거렸다.

"수속성의 '농무'는 물로 시야를 가려버리는 스킬이었습니다.

하지만 바람으로는 시야를 가릴 수가 없겠죠. 그러니까…….”

“귀를 막으려나?”

“아. 예. 맞아요. 역시 나기 님!”

감탄해 줘서 기쁘긴 하지만, 이건 예전 세계에서 쌓은 지식 덕분이다.

밀리터리물에 자주 등장하거든. 공기로 상대의 귀를 막아 버리는 무기가.

“그럼 그걸로 가자. 만약을 위해서 마을 사람들한테 사정을 설명해 둘 테니 전력으로.”

“예! 알겠습니다.”

자, 그럼. 이제부터는 ‘현자 고블린’을 급히 추격하도록 하자.

아마도 따라잡을 수 있겠지.

이제부터 세실이 쓸 마법이 음속으로 날아갈 테니까.

제9화 「남을 조종하는 『블랙 스킬』을 때리고 부수어 버그를 일으켜 봤다」

'그'는 숲을 달리고 있었다.

"작전 실패. 『고블린 사역 계획』은 파기. 도주를 우선한다."

그는 달리면서 스킬을 기동하여 '검은 수인'에서 '현자 고블린'으로 변화했다.

'현자 고블린'은 길고 풍성한 하얀 콧수염이 달린 근육질의 모습이다.

"나의 사명은 수인의 비보를 입수하는 것. 태고의 유산을 손에 넣어 마왕한테 대항하기 위해……."

'현자 고블린'이 턱에 손을 댔다.

기억이 혼란스럽다. 슬슬 원래 모습으로 되돌아가는 편이 나을지도 모른다.

'그'는 그 어떤 모습으로도 변할 수가 있고, 그 모습에 걸맞는 능력도 쓸 수가 있다.

그러나 그 대가로 기억과 자아가 바뀐 모습에 끌려가고 만다.

오랫동안 고블린의 모습으로 변했을 때도 그랬다. 무심코 미소녀 고블린에게 구애할 뻔했다. 수인으로 변했을 때는 공을 이리저리 굴리는 데 재미가 붙어서 정신이 팔린 적도 있었다.

"고블린도, 수인도, 내게는 괴물에 불과하건만."

'현자 고블린'이 달리면서 뒤를 돌아봤다.

괜찮다. 내 스킬은 완벽하다. 다른 모습으로 변신하면 적을 속이고서 추격을 뿌리칠 수가 있다.

"난 대형 던전을 클리어하여 마왕한테 대항할 수 있는 대책을 세울 것이다⋯⋯."

그렇게 생각했을 때⋯⋯.

쿠구구구구구궁————————!!!!

숲의 모든 나무들을 뒤흔들 만한 폭음이 주위 공간에 울려퍼졌다.

"그아아아아아아아아아아아아아앗!?!"

'현자 고블린'이 무심코 절규했다.

폭음에 귀와 머리가 뒤흔들리자 '그'는 그대로 바닥에 넘어졌다. 머리를 감싸고서 웅크렸다.

"뭐야⋯⋯, 방금 그건 뭐야⋯⋯."

고개를 흔들고서 일어섰다.

"어서 도망쳐야 해⋯⋯. 아직 다음 기회가 있어. 있으니까⋯⋯."

"——엄청난——스킬——이야."

'그'의 귀가 간신히 소리를 잡아냈다.

정신을 차려보니 금발 머리 소녀의 모습이 바로 눈앞에⋯⋯.

"정체를 드러내, '현자 고블린'!! 발동『결계 파괴』!!"

그녀의 주먹이 '그'의 몸을 날려버렸다.

"……그, 가가가가가가하아악!"

'그'의 몸이 땅바닥에 연거푸 튕겼다. 나무에 부딪치고 나서야 겨우 멈췄다.

그리고…… '그'를 뒤덮고 있던 '위장'이 사라졌다.

'현자 고블린'이 사라지고, '검은 수인'도 사라진 뒤…….

모험가처럼 차려입고 있는 남성이 모습을 드러냈다.

"……이 세계의 사람인가?"

목소리가 들렸다.

정신을 차려보니 눈앞에 흑발 소년이 서 있었다.

"'내방자'가 아니었나? 어째서 이 세계 사람이 마물 흉내를?"

"서민이여, 정중하게 대하지 못하겠나?"

'그'가 말했다.

"내 이름은 엘도르아 폰 가젤. 전직 마물 사역사로서, 언젠가 마왕을, 퇴치할 몸이시다!"

말을 더듬거리긴 했지만 그래도 가슴은 활짝 폈다.

"굉장하네. 세실의 '고대어 마법, 공음폭(空音爆, 사운드 블로우)'은."

'공음폭'은 주변에 거대한 폭음을 울리는 마법이다. 예전 세계에서 사용되던 '음향폭탄'과 유사하다.

'등불'이 빛으로, '농무'가 물로 상대의 시야를 막듯이 '공음폭'은 공기……, 거대한 폭음으로 상대의 청각을 봉쇄한다.

나와 세실은 영향을 받지 않고, 리타의 귀는 나와 세실이 틀어막았으니 문제없음.

수인의 마을에서 꽤 떨어져 있으니 그쪽도 괜찮겠지.

'현자 고블린'을 놓칠 수가 없었기에 거대한 소리를 내어 충돌시켜봤다.

그래서 잡을 수 있었다.

'현자 고블린'이었던 사람이 나무 밑동 부근에서 머리를 감싼 채 웅크리고 있었다.

"당신이 '현자 고블린'이었나?"

"나……, 난 엘도르아 폰 가젤. 전직 마물 사역사로서, 고위 모험가 파티를 따라다니며 탐색을 하던 사람이다!"

'현자 고블린'이었던 남성이 외쳤다.

잘난 양반인 모양이다.

머리 색깔은 흰색. 가죽 갑옷을 착용하고 있다. 부들부들 떨면서 우리를 힐끔힐끔 살펴보고 있다.

"이 세계의 사람이 어째서 마물 흉내를 내고 있냐고……."

"이 역시 마왕한테 대항하기 위한 대책의 일환. 『용사 퀘스트』다."

"『용사 퀘스트』? 그 수상쩍은 명칭은 뭐야?"

"선택받은 자가 스킬을 받고서 위대한 사명을 완수하는 퀘스트를 가리킨다. 뭐, 너희 같은 서민들이 알 턱이 없겠지.『용사 퀘스트』는 귀족만이 받을 수가 있으니까. 설령 몰락 귀족이라 해도."

저 사람, 몰락 귀족인 모양이다.

"당신, 자기가 무슨 짓을 벌였는지 알기나 해?"

저 녀석은 수인 마을에 잠입하여 토토리와 루토리를 납치했다.

그리고 '이동하는 수인'의 마을에서 '뿔피리'를 훔쳤다. 수인들이 전쟁을 할 때 사용하는 도구로, 지금 이 녀석의 수중에 있다.

그 '뿔피리'로 수인이 마물을 조종하고 있는 것처럼 꾸미면서 수인의 마을로 쳐들어갔다.

더욱이 사역하고 있는 고블린들은 수면시간이 고작 세 시간밖에 안 되는 '수면부족 버서커' 상태.

……아무리 생각해도 수법이 너무 사악하다.

"성과를 거두기 위해서 갖은 노력을 아끼지 말라는…… 문장이 매뉴얼에 있었다."

"매뉴얼?"

"어느 용사를 관찰하여 상급귀족이 작성했다고 한다."

"……구체적으로는?"

"권위를 내세우면 모두들 분위기를 읽고서 움직여 준다. 의문을 느끼는 녀석이 이상하다."

백발 남성이 그렇게 말했다.

"난 그 매뉴얼대로 행동했다. 우선은 상위종 '달인 고블린'과 '홉고블린'을 수하로 삼고서 그 힘과 권위를 이용하여 '숲고블린'

들을 지배했다. 그 뒤에는 간단했지. 나무 열매를 채집하는 능력밖에 없는 '숲고블린'들을 철저히 억압하여 녀석들에게 스스로가 '글러먹은 녀석'이라는 가치관을 심어줬다."

최악이다.

타인을 부릴 때 해서는 안 되는 행동 베스트3에 들어갈 만한 수준이다.

"분위기를 읽지 못하고 질문을 하는 녀석이 있었는데 이해가 되질 않았다. '왜 이런 짓을 하느냐' 묻더군. 뭐, 그런 녀석들은 '질문하기 전에 우선 성과부터 올려라', '모두들 잠자코 일하고 있는데 혼자서 질문을 하는 건 무례하다고 생각하지 않나?' 하고 윽박지르며 분위기를 조성했더니 없어지긴 했지만."

"그것도 매뉴얼이냐……?"

"물론."

왜 자랑하듯 말하는 거냐.

아무리 생각해도 이상하잖아. 그 매뉴얼도, 그걸 작성한 귀족도.

'질문하기 전에 우선 성과부터 올려라'라니……. 불길한 예감이 든다. 비슷한 소리를 하던 녀석과 어디선가 만났던 것 같은데. 누구였더라?

"그 썩어빠진 매뉴얼은 누가 작성한 거야."

"알 리가 없잖나? 상급귀족이 작성한 매뉴얼에 감히 의문을 품을 수 있을 리가 있나?"

'현자 고블린'이었던 남성이 가슴을 활짝 폈다.

"내 상사였던 모험가도 매뉴얼대로 움직였다. 나도 동일한 방법으로 성과를 올렸다. 난 이 방법을 알려준 모험가한테 감사하고 있다. 언젠가 마물들도 내게 감사할 날이 올 거다."

이 녀석은, 틀렸다. 말이 통하지 않는다.

엘도르아 폰──그냥 '전 현자 고블린'이면 족하다──이 의기양양하게 말하고 있다. 도망칠 자신이 있어서겠지. 이 녀석은 이동 속도가 빨랐으니 『가속』 같은 스킬도 갖고 있을지도 모른다.

"하지만 너의 『용사 퀘스트』는 실패했어."

"아쉽군. 마왕과 접촉할 기회를 다른 사람한테 빼앗길지도……."

"당신은, 마왕이랑 만나고 싶었던 거냐?"

"그래. 마왕과 만나 토벌한다면 영웅으로서 내 이름이 역사에 길이길이 남을 테니까!"

남성이 하얀 수염을 매만지면서 선언했다.

"숨겨진 수수께끼의 던전에는 오래된 종족이 남긴, 마왕과 만나기 위한 아이템이 있다. 그 던전을 발견하기 위해서는 이 마을의 비보가 필요하지. 내 행동은 정당했다!"

"마왕과 만나기 위한 아이템?"

더욱이 '오래된 종족'이 남겼다니…….

역시나 이 녀석이 찾았던 건 마족과 고대 엘프의 유산이었던가…….

"몰락하기 전 우리 가문은 마물을 사육했었거든. 조종하는 건일도 아니었다. 난 마왕을 쓰러뜨리고 용사가 되어 날 얕잡아봤던 상위귀족을 발밑에 꿇리고 말겠다!"

"영웅이 돼서 상위귀족을 꿇린 뒤 그다음에는?"

"……그다음."

'전 현자 고블린'이 말을 잇지 못했다.

무언가를 생각하듯 머리를 싸쥐다가 이내 고개를 가로저었다.

"그딴 건 아무래도 상관없잖나? 내가 진정 무엇을 원하는지는 나중에 시간이 날 때 생각하면 돼!"

'전 현자 고블린'이 우리 쪽으로 시선을 돌렸다.

입가에 웃음이 맺혀 있다. 아까 전부터 곁눈으로 주변을 둘러보고 있다.

도망칠 기회를 엿보고 있는 모양이다.

"네놈들의 능력은 파악했다. 어떤가? 내 수하가 되지 않겠나?"

"시간을 벌려는 당신의 수작에 놀아날 생각은 없어."

나는 '전 현자 고블린'에게서 몇 걸음 멀어졌다.

"게다가 당신의 죄를 판단하는 건 이 숲의 주민들이 할 일이니까."

"무르구나, 서민!"

볼록.

갑자기 '전 현자 고블린'의 어깨와 팔이 부풀었다.

"하, 너무 늦게 알아차렸구나! 마력은 이미 회복되었다. 내 변신 능력은 실체가 있다. 거대해진 몸집으로 공격하면 나름 데미지를……."

"리타, 부탁해."

"예. 주인님──『결계 파괴』!"

퍽.

리타가 주먹으로 '전 현자 고블린'의 어깨를 가격했다.

푸슈우.

'전 현자 고블린'의 팔과 어깨가 쪼그라들더니 원래대로 돌아
갔다.
 "마, 말도 안 돼?! 그 힘은 뭐냐?!"
 "당신과 비슷한 스킬을 가진 작자와 전에 싸워본 적 있거든."
 타키모토의 『보이지 않는 팔』이 그랬다. 결계로 마력을 감싸고
서 팔처럼 휘둘렀었다.
 '전 현자 고블린'의 변신 능력도 마찬가지다. 아마도 자신의
주변에 위장 공간을 만들었겠지.
 그래서 리타의 『결계 파괴』라면 간단히 파괴할 수가 있다.
 "이럴 수가! 다, 다시 한번."
 "에잇."

퍽.

푸슈우.

"아직 멀었어——!"

'전 현자 고블린'이 변신 스킬을 쓰려고 했지만…….

부그극.

녀석의 팔이 기묘하리만치 부풀어 올랐다.
"뭐, 뭐냐 이건?!"
'전 현자 고블린'이 몸이 점점 기울어졌다.
오른팔이 비대해져 꼼짝도 할 수가 없는 모양이다. 환영과 비슷한 능력일지라도 행동에 제약이 생기는 건가? 그렇지 않으면 고블린처럼 움직일 수도 없을 테니까.
"난 이런 형태를 바란 적이 없다! ……크헉."
이번에는 등이 부풀어 올랐다. 마치 뒤틀린 날개처럼.
등이 무거운지 '전 현자 고블린'이 고개를 푹 숙인 채로 아우성쳤다.
징그럽다. 악몽을 꿀 정도로.
"제어가 안 돼! 그만! 뭐야, 스킬 때문에 이런 형태로 바뀐다는 이야기는 들은 적이 없다!"
'전 현자 고블린'의 얼굴이 새파래졌다.
핏기가 싹 가시더니 부들부들 떨기 시작했다. 마치 무언가에 생명에 빨려드는 것처럼.
"스킬이 마력을 계속 빼앗아 가고 있어요. 나기 님."
내 옆에서 세실이 말했다.
"폭주한 스킬이 시전자한테 피해를 가하다니……. 이런 스킬은 말도 안 돼요…….”

"이 흉악한 스킬은, 뭐야?"

"'베일' 씨가 썼던 『능력 봉인 빙결(스킬 프리저)』와 비슷해요. 타인을 조종하고 이용하는 데 특화된 스킬인데 망가지면 자기 자신한테도 위해를 가하죠. 나기 님이 주셨던 '사랑의 스킬'과는 정반대예요!"

"은근슬쩍 부끄러운 말 좀 하지 마!"

나는 새빨개진 세실을 안고서 뒤로 물러났다.

"리타, 한 번 더! 이 녀석의 날개를 부숴!"

"예, 주인님! 『결계 파괴』!!"

파앙.

리타의 주먹이 '전 현자 고블린'의 날개를 쳐부쉈다.

그와 동시에…….

뽀그극. 부글.

'전 현자 고블린'의 가슴에서 무언가가 날뛰기 시작했다.

"크아아아아아. 피, 필요 없어. 넌 더 이상 필요 없어. 내 안에서 나가줘어어어!!"

녀석이 목을 누르며 웅크렸다.

그리고 그 가슴에서 빛나는 수정옥이 나왔다.

스킬 크리스탈이다. 더욱이 이상하리만치 일그러져 있다. 거품이 들끓듯이 흔들리고 있다.

"……스킬에 버그가 생겼다……?"

"이런 건 본 적이 없어요."

"저주의 스킬 아냐……, 이거?"

이윽고 스킬 크리스탈이 하얀 연기를 내뿜더니 움직임이 멎었다.

"있잖아, 세실."

"예, 나기 님."

"강력한 스킬이 발동되려고 할 때마다 계속 봉인하여 버그를 일으킬 수……, 아니, 기능 불능 상태를 만들 수 있는 거야?"

"보통은, 무리예요."

세실이 내 팔에 매달리면서 말했다.

"하지만 저 사람의 『형태 변화 스킬』이라면 가능할지도 모릅니다. 저 사람의 스킬은 기억이나 신체에 격렬한 영향을 끼치니까요. 리타 씨가 『결계 파괴』를 계속 쓴 바람에 스킬을 발동시키는 마력이 폭주해 버렸는지도…… 몰라요."

하드 디스크가 액세스하는 동안에 컴퓨터 전원 코드를 강제로 뽑은 상황과 비슷하다고 봐야 하나?

전원을 켜고 기동하는 도중에 코드를 뽑고……, 전원을 다시 켜고서 기동하다가 또 코드를 뽑고……, 이런 행동을 반복한다면 시스템이 이상해질 수밖에…….

이 녀석의 스킬은 강력하고, 효과도 극적이라서 버그가 쉽게 발생하는지도 모른다.

"크⋯⋯헉. 카학."

녀석이 가슴을 누르며 헛기침을 해댔다.

땅바닥에 떨어진『형태 변화』스킬의 크리스탈에 금이 쩍 가더니 평범한 돌로 바뀌었다.

나중에 성녀님에게 살펴봐 달라고 부탁하는 게 좋으려나.

"충고할게. 당장 수인들과 마물들한테 사과하는 게 좋을 거야."

나는 말했다.

"고작 내『형태 변화』스킬을 깬 것 가지고 승자 행세를 할 셈인가! 내게는 고속 이동 능력이 있다!"

"응. 그럴 줄 알았어."

"날 붙잡을 수 없다. 수인이든 그 누구든⋯⋯ 간에."

'전 현자 고블린'의 표정이 딱딱해졌다.

알아차린 모양이다.

어느새 우리를, 마을 수인들이 포위했다는 것을.

'전 현자 고블린'과 싸우기 전에 나는 수인부대를 통솔하는 노노토리 씨와 대화를 나눴다.

음향 마법으로 적을 기절시키고서 우리가 '전 현자 고블린'을 무력화할 예정임을.

미리 말해두지 않으면 대음향 때문에 모두가 피해를 입을지도 모르니까.

"이제, 괜찮을까요? 손님 여러분."

갈색 머리를 지닌 수인 소녀 노노토리 씨가 말했다.

"숲에는 숲의 규칙이 있습니다. 수인 마을을 어지럽힌 죄, '숲 고블린'을 속여서 조종한 죄. 숲의 규칙으로 단죄해야 합니다."

"알겠습니다. 처우를 맡기겠습니다."

수인들의 마을이 어지럽혀졌으니 그들의 규칙에 맡기도록 하자.

"자…… 잠시만. 난…… 저기…… 세계를 위해서……."

"아까 전에 영웅이 된다느니, 명성을 떨치겠다느니, 라고 했던가?"

"그건 헛소리였다. 말을 하다가 어쩌다 나온 과장일 뿐이야. 『용사 퀘스트』를 클리어하면 마왕과 만날 수 있다! 그 마왕을 쓰러뜨리기 위해서 이 세계에 사는 인간과 아인과 평화적인 마물들은 일치단결해야만 한다. 필시 이 세계는 훨씬 더 나아질 거다! 그러기 위해서 조금쯤은 인내할 필요도 있지 않겠나?!"

"나아진다니 구체적으로?"

"귀족한테 유리한 매뉴얼을 정한 뒤에 수면 시간은 일괄 두 시간으로……."

찌릿.

수인들이 일제히 '전 현자 고블린'을 노려봤다.

""""""웃기지————마!!""""""

숲속에 '전 현자 고블린'의 비명이 울렸다.

"고생했어. 세실, 리타."

"고생하셨어요. 나기 님."

"……고생했어. 주인님, 세실 짱."

우리는 마을로 걸어가고 있는 중이다.

"……『용사 퀘스트』라."

몰락 귀족이나 이름을 떨치고 싶어 하는 사람에게 스킬을 주고서 마왕과 만나도록 시킨다. 그런데 그것을 통해 이득을 얻을 수 있는 사람이 있기는 한 걸까……?

"나도 기회가 생긴다면 숨겨진 '수수께끼의 던전'이나 찾아볼까?"

"뭐가 있는 건가요?"

"몰라. 하지만 마왕과 만나기 위한 아이템이라고 했어."

"머릿속에는 대략 무기, 탈것, 마력 수정체…… 같은 게 떠오르는데요."

"돌아가면 성녀님한테 물어볼까."

"그래야겠네요."

나와 세실은 서로 마주보며 고개를 끄덕였다.

아마도 우리는 똑같은 생각을 했겠지.

던전에 '오래된 종족'의 유산이 있다면 마족과 관련이 있을지도 모른다고.

"……수인의 마을을 지켜줘서 감사합니다. 주인님."

불현듯 리타가 내 얼굴을 쳐다봤다.

"인사는 됐어. 이번에 가장 노력한 사람은 바로 리타잖아."

"수인을 도와 달라고 먼저 부탁한 사람은 나인걸. 노력하는 게 당연한걸."

리타가 그렇게 말하고서 문득 무언가 깨달은 것 같은 표정을 지었다.

"근데…… 신기하네. 나기가 적극적으로 이런 사건에 관여하다니."

리타 씨, 그 부분을 지적하는 겁니까?

낯부끄러워서 애써 감춰두고 싶었는데.

""뭉끄러미…….""

세실과 리타가 나를 똑바로 쳐다보고 있다.

주인님을 그만 추궁해 줄래?

"이유는, 두 가지가 있어."

왠지 겸연쩍어서 나는 걷는 속도를 올렸다.

"하나는, 수인의 마을에 전설을 남겨두고 싶었거든."

"……전설?"

"나기 님이, 말인가요?"

리타와 세실의 눈이 휘둥그레졌다.

"만약에 리타가 몸을 담았던 부족 사람들과 만날 일이 생긴다면, 무슨 소리를 듣더라도 '수인 마을을 구해냈다'는 기억이 있으면 리타는 괘념치 않을 거 아냐? 아니……, 아닌가? 이건 내 문제인가? 내가 '리타를 폄훼하지 마. 내 노예는 이토록 굉장하다' 자랑하고 싶었을 뿐인지도."

"……나기."

문득 정신을 차리니 리타가 내 손을 꽉 쥐고 있었다.

그리고 벚꽃색 눈을 크게 뜨고서 진지한 얼굴로 고개를 끄덕이더니…….

"감사합니다. 주인님."

내 앞에서 무릎을 땅에 댔다.

세실이 나를 지그시 보고는…….

"……나머지 하나는 뭔가요? 나기 님?"

"…………으음."

"'물끄러미………….'"

두 소녀가 커다란 눈으로 쳐다봤다.

항복이다.

"……장래에 우리 아이가 살아갈 세계를 조금이라도 더 좋게 만들고 싶었어. 이상!"

예. 끝. 추궁 금지.

"나기 님……."

"나기……."

반짝이는 눈으로 쳐다보는 것도 금지!

"자자, 그만 돌아가자. 전투는 끝. 느긋하게 지내자고."

"……아, 예."

"응……."

그리하여 나와 세실과 리타는 나란히 걸어 나갔다.

마지막으로 리타가 불쑥…….

"……이렇게까지 해줬으니………… 나도…… 확실히 하는 수

밖에 없잖아…… 아이참."

그녀가 중얼거렸던 말은…… 못들은 척 하기로 하자.
지금은.

"손님——!"
마을로 다가가자 수인 소녀가 우리를 쫓아왔다.
수인들을 지휘했던 사람으로 장로님의 손녀인 노노토리 씨다.
"감사했습니다, 손님. 귀하들이 안 계셨다면 어떻게 됐을지
모르겠습니다. 우리 부족을 구해 주시고, 마물과의 전쟁을 막아
주셔서…… 진심으로 감사합니다."
그녀가 우리 앞으로 와서 고개를 깊이 숙였다.
"그냥 어쩌다가 도왔을 뿐입니다."
나는 말했다.
"그래서 그 '전 현자 고블린'은 어떻게 됐습니까?"
"'이동하는 수인'도 녀석한테 뿔피리를 도난당했으니……."
노노토리 씨가 잠시 생각하고서 말했다.
"양쪽 대표가 의논하여 녀석의 처우를 결정하게 되겠죠. '숲고
블린'과는 불가침 조약을 맺을 작정입니다. 양쪽 모두 '전 현자
고블린'의 피해자이니 서로의 대표가 살아있는 동안에는 서로의
영역을 침범하지 않기로."
결국 '전 현자 고블린'의 목적은 모조리 수포로 돌아간 건가.
녀석은 아인들 사이에 분쟁을 일으키려고 했다. 마물과의 전

쟁도 꾀했다.

그러나 그 결과는 반대였다. 수인과 일부 마물은 공존을 택하게 됐고, 공통의 적과 싸운 덕분에 두 수인 부족의 사이도 돈독해졌다. 녀석의 『용사 퀘스트』는 완전히 실패.

아마도 더는 동료들 곁으로 돌아갈 수 없겠지.

"그나저나 정말로 굉장했습니다. 손님……, 리타 님."

"어? 나?"

"예. '수면부족 숲고블린'을 압도했던 그 몸놀림과 '전 현자 고블린'을 제압한 그 힘. 그야말로 전설이에요. 마치 '숲을 질주하는 짐승의 주인'의 '종자' 같았어요!"

……'숲을 질주하는 짐승의 주인'?

수인이 탄생하는 계기가 된 영웅이었지?

"'숲을 질주하는 짐승의 주인'은 전설의 늑대한테 사랑을 받았던 인간이었습니다. 숲에서 살아가던 고고한 금색 늑대는 그의 반려자가 되고 싶다고 신께 간절히 빈 끝에 인간의 모습으로 변했습니다. 그렇게 둘은 이어졌고 최초의 수인이 태어났다고 전해지죠."

"어? 그래?"

리타가 의아해하며 고개를 갸웃거렸다.

"내 부족에서는 '숲의 주인이 근사한 귀와 꼬리를 지닌 늑대를 반려자로 삼기 위해서 수인의 모습으로 변신시켰다'라고 들었었는데……."

"아아, 그건 '수인지상주의' 수인의 전설이네요!"

노노토리 씨가 웬만한 건 다 안다는 듯한 얼굴로 고개를 끄덕였다.

"옛날에 수인들이 여러 부족으로 쪼개졌을 때 '우리가 본가다', '무슨 소리~, 우리야말로 원조다'라며 다툼이 벌어졌고, 그 바람에 '숲을 질주하는 짐승의 주인'의 전설도 다양하게 각색되었습니다."

노노토리 씨가 숲을 가리켰다.

나무들 사이로 마을 중앙에 있는 거대한 수목이 보였다.

그 위에 있는 늑대 목제상도.

"저게 '숲을 질주하는 짐승의 주인'의 '종자'의 원래 모습입니다. '종자'는 사람의 모습으로도, 짐승의 모습으로도 변할 수 있다고 전해지죠. 저 안에 우리 마을의 비보가 있습니다."

"우리한테 그런 것까지 알려줘도 됩니까?"

"네ㅡ함 마을 사람은 은혜를 잊지 않으니까요."

노노토리 씨가 그렇게 말하고서 우리에게 감사 인사를 했다.

"토토리랑 루토리가 당신을 '숲을 질주하는 짐승의 주인'이라고 불렀던 것도 들었습니다. 이 마을에 위기가 닥쳤을 때 마침 여러분들이 나타난 것 역시 무언가 인연이겠죠. 그 '종자'였던 그녀가 사용했던 비보를 이따가 갖고 가겠습니다. 꼭 봐주세요."

제10화 「아이네가 만든 필살 『갓 끓여낸 위장을 사로잡는 스프』」

"자, 이제 맛있게 다 됐어."

네르함 마을로 돌아갔더니 식사 준비가 한창이었다.

마을 중앙에 돌로 된 아궁이가 만들어져 있고, 그 위에 놓인 냄비 속에서 스프가 끓고 있었다. 아이네가 잘게 다진 향초를 넣고서 스프의 맛을 봤다. 그 주위에는 수인 여성들이 있었다. 맛을 보면서 '그냥 향초만 넣었을 뿐인데?!', '맛이 이렇게나 달라지네?!' 하고 크게 놀라워하고 있었다.

아이네의 요리 스킬은 굉장하네. 종족을 초월하여 그 효과를 발휘하고 있다.

"......고브?"

깨어난 '수면부족 숲고블린'이 고개를 들었다.

수인들은 모든 고블린들의 두 팔을 묶은 채로 마을 중앙에 모아 놨다.

"............고브으."

고블린들이 고개를 떨궜다. 이제는 싸울 기력이 없는 모양이다.

"푹 잤어?"

불현듯 아이네가 고블린들을 보고 말했다.

"고븟?!"

고블린들이 화들짝 놀라서 고개를 들었다.

"'현자 고블린'은 쓰러뜨렸어. 더는 일하지 않아도 돼."

"……고브."

"기어코 싸우고 싶다면 이 음식이 최후의 식사가 될 거야. 선택하는 건 너희들."

아이네가 그렇게 말하고서 한 고블린 앞에 스프가 담긴 그릇을 놔뒀다.

손목이 묶인 고블린이 어색한 손놀림으로 그릇을 들었다.

그릇을 천천히 입가로 가져가서 내용물을 다 비우……고는.

"고브우우우우웃!!"

빈 그릇을 높이 쳐들고서 눈물을 흘리기 시작했다.

아이네는 그 광경을 보고서 내 쪽으로 시선을 돌렸다.

〈송신자 : 아이네(수신자 : 나 군)

본문 : 스프에 간이 잘 된 모양이야. 이 스프에 『고블린의 위장을 사로잡는 스프』라는 이름을 붙였어. 뒷일은 나 군한테 맡길게.〉

〈송신자 : 나기(수신자 : 아이네)

본문 : 잘 알겠어. 이따가 내게도 레시피를 알려줘.〉

나는 아이네가 건넨 스프 그릇을 받았다.

배가 고픈 듯한 고블린을 찾아내 그것을 넘겼다.

동시에 스킬『생명 교섭』을 발동했다.

"괜찮아. 먹어."

"……고브우."

두 번째 고블린이 내가 건넨 스프를 다 비웠다.

좋아, 이제는 말이 통한다.

"'현자 고블린'은 쓰러뜨렸어. 이제 너희들 앞에 나타나지 않을 거야."

나는 말했다.

"……정말인가?!"

'숲고블린'이 스프 그릇에서 고개를 들고서 외쳤다.

다른 '숲고블린'들도 일제히 이쪽을 쳐다봤다.

"'달인 고블린', '홉고블린'도 마찬가지야. 너희는 이제 어쩔래?"

"……어쩌다니?"

"너희들이 두 번 다시 인간이나 아인을 습격하지 않겠다고 맹세하고서 이 마을의 조력자가 되어 준다면 이대로 넘어가줄 수도 있어. 너희들 중에 '서약'을 할 수 있는 자나 '블러드 크리스탈'을 만들어 낼 수 있는 자 있어?"

나는 말하고서 수인들을 둘러봤다.

노노토리 씨와 장로님이 온화한 표정으로 고개를 끄덕였다.

이들을 가엾이 여겨서 동정을 베풀려는 게 아니다.

이 녀석들의 마을에는 아직도 수많은 동료들이 있다. 그쪽 고블린들이 복수전이라도 벌이려고 쳐들어오면 성가시니까. 그렇다면 불가침 협정을 맺는 편이 낫다.

……나는 고블린들에게 기회를 주기로 장로님과 손녀인 노노토리 씨에게 사전에 말해뒀다.

"어쩔래? 이대로 싸우더라도 우린 상관없긴 한데."

"……이제 싸우고…… 싶지 않아."

'전 수면부족 숲고블린'이 땅바닥에 머리를 대고서 말했다.

"사람도, 아인도, 더는 습격하지 않겠어. 맹세한다. 우리 모두가 힘을 합치면 서약의 증표인 '블러드 크리스탈'을 만들 수 있을 터……."

"알겠어. 그럼 네가 동료들한테 말을 좀 해줄 수 있을까?"

"……고브!"

'전 수면부족 숲고블린'이 무리를 향해 외쳤다.

고블린들이 한데 모여서 큰소리로 의논하기 시작했다. 금세 결론이 나왔다.

"아아, 이제는 일하고 싶지 않아……."

"……돌아가서 자고파……."

"인간, 무서워……, 수인, 무서워."

"스프, 더 먹고 싶어."

"한 그릇 더."

"싸우지 않겠다고 맹세한다."

"한 그릇 더."

"한 그릇 더……."

……아니.

고블린들아, 아이네의 스프에 너무 매료된 거 아냐……?

"……우리 '숲고블린'! 여기서 맹세한다!"

이윽고 고블린들이 모여서 밧줄에 묶인 팔을 한데 겹쳤다.

"……두 번 다시 아인과 인간을 습격하지 않겠다. 마을에 있는 동료들한테도 동일한 맹세를 시키겠다. 부드러운 잠자리와 따뜻한 스프를 제공해 줬을 뿐만 아니라 우리를 죽이지 않은 사람들한테 감사를……."

그리고 '전 수면부족 숲고블린'들이 동시에 어금니로 스스로의 팔을 깨물었다.

상처를 한데 겹쳐서 피를 섞었다.

내 뒤에서 세실이 속삭였다.

"마물의 핏속에 있는 마력을 섞어서 '블러드 크리스탈'을 만들어내려고 시도하고 있어요."

고블린은 하급 마물이지만 무리를 지어 협력하면 그런 것도 만들어낼 수 있는 듯하다.

"……고브."

잠시 뒤 녹색 결정체가 생성됐다.

그것이 '전 수면부족 숲고블린'의 '블러드 크리스탈'이다.

'전 수면부족 숲고블린의 블러드 크리스탈.'

'숲고블린'들이 애를 써서 만들어낸 '블러드 크리스탈.'

이걸 가진 자는 '전 수면부족 숲고블린'과 의사소통을 할 수 있다.

또한 이 크리스탈에 흠집을 입히면 '전 수면부족 숲고블린' 모두가 큰 데미지를 입는다.

"……우리 '전 수면부족 숲고블린'은 두 번 다시 인간과 아인을 습격하지 않겠다. 그리고 만약에 너희들이 도움을 필요로 한다면 언제든지 달려가겠다. 정보도 주겠다."

"잘 알겠어."

"그리고 이 스프 레시피를 이따가 알려줬으면 좋겠다."

고블린들이 사납게 생긴 얼굴로 활짝 웃었다.

"……저들이 아인이나 인간을 적대하지 않겠다는 증거가 바로 이 '블러드 크리스탈'이라고 하는군요. 노노토리 씨, 장로님."

"…………어라?"

고블린들이 일제히 고개를 갸웃거렸다.

"네가 대표가 아니었나?"

"그냥 통역을 맡았을 뿐이야. 나 같은 인간은 그저 스쳐지나간 존재로서 잊어줘. 그럼 이만."

"…………오, 오오."

'전 수면부족 고블린'이 당황하다가 납득했는지 결국 고개를 끄덕였다.

내가 해줄 수 있는 건 여기까지다.

"저들을 믿을지 말지는 여러분들한테 맡기겠습니다."

나는 마을 촌장님에게 말했다.

"고블린이라고는 해도 협박을 받아 억지로 전투를 벌인 것이라면 동정할 여지가 있겠지요. 게다가 숲에서 살아가는 부족이니 아군으로 둬서 손해 볼 일은 없을 게요."

"마을 사람들도 크게 다치지는 않았습니다."

장로님 옆에서 수인 소녀 노노토리도 고개를 끄덕였다.

"게다가 토토리랑 루토리도…… 보다시피."

그녀가 장로님의 집을 가리켰다.

토토리와 루토리가 창문 밖으로 고개를 내밀고 있었다.

두 아이는 "수면 부족이었으니까", "앞으로 마을을 도와준다면야" 하고 외쳤다.

"좋다. '전 수면부족 숲고블린'을 풀어 주도록 하마. 물론 '블러드 크리스탈'은 마을에서 보관하도록 하겠지만."

"""고브으으으웃!!!"""

내가 장로님의 말을 전하자 '전 수면부족 고블린'들이 환호성을 질렀다.

안심했는지 그들은 또다시 스프를 마시기 시작했다.

마을 사람들도 거들고 있긴 하지만 아이네가 힘들 것 같다.

"나도 도울게."

"나 군은 쉬어."

싹둑.

도우려고 했더니 아이네가 매몰차게 거절했다.

"그래, 나기. 이런 건 우리가 할 일이니까."

"리타 씨도 쉬어."

싹둑.

도우려고 했던 리타도 거절당했다.

"……저, 돕고 싶은데요."

"그럼 세실 씨, 부탁할게."

아이네가 세실에게 그릇을 건넸다.

잠깐만. 이 차별은 뭐야?

"전 마법을 살짝 쓰기만 했으니까요."

세실이 나와 리타를 보고서 말했다.

"나기 님과 리타 씨는 전면에 나서서 싸웠죠?"

"나 군이랑 리타 씨는 이제부터 '최초의 수인' 이야기를 들어야 하잖아?"

"저랑 아이네 씨는 뒷정리도 해야 해서 늦을 것 같아요."

"둘을 깨우지 않도록 다른 숙소도 빌릴 테니 괜찮아."

""그치~?""

아이네와 세실이 손을 포개고서 선언했다.

……뭐지? 호흡이 묘하게 잘 맞는 것 같은데.

"괜찮겠어? 세실 짱, 아이네도."

"아이네는 '전 수면부족 숲고블린 회유 작전'을 맡고 있어. 아이네의 일이니까 마지막까지 하게 해줘. 알겠지?"

"알겠어. 하지만 무리는 하지 마."

""예~.""

아이네와 세실의 배웅을 받으며 우리는 마련된 숙소로 가기로 했다.

제11화 「리타의 맹세와 『새로운 자신을 발견하는 법』」

"오늘은 이 숙소에서 묵도록 하세요."

수인 노노토리 씨가 우리를 새로운 숙소로 안내해줬다.

그곳은 커다란 늑대 조각상이 놓여 있는 나무 아래에 있는 집이었다. 들어가니 널찍한 거실이 나왔다. 2층으로 이어지는 계단이 있었다. 계단을 올라가니 방음 능력이 우수한 커튼이 처져 있는 침실이 나왔다.

거실 벽에는 커다란 태피스트리가 걸려 있었다.

거기에는 늑대와 인간과, 아기 수인을 안고 있는 여성의 모습이 그려져 있었다.

"저게 '숲을 질주하는 짐승'──최초의 수인의 기록……."

"예. 여성 옆에 있는 사람이 '숲을 질주하는 짐승의 주인'입니다. 늑대의 주인이며, 그 늑대가 소녀로 변한 뒤에 맺어졌다는 전설이 전해지고 있죠."

"여성이 안고 있는 아기가 '최초의 수인'인가?"

"예."

노노토리 씨가 그렇게 말하고서 태피스트리 뒤쪽에서 나무상자를 꺼냈다.

"종족을 뛰어넘은 사랑에 감동한 초월적인 존재……, 용이나 신이라고 전해집니다만……, 어쨌든 그 존재가 둘을 축복하기 위해서 내려준 것이 바로 이 마을의 비보입니다."

그녀가 가슴팍에서 열쇠를 꺼내 상자 옆쪽에 꽂았다.

끼리릭, 하는 소리를 내며 자물쇠가 풀렸다.

"이게 우리 마을에 전해지는 비보인 『종자의 방울』입니다."

상자 안에는 금색 방울이 담겨 있었다.

크기는 탁구공만하다. 표면에 신기한 무늬가 그려져 있다.

노노토리 씨가 그것을 가볍게 흔들었다. 그런데…… 소리가 나지 않았다.

"망가진 겁니까?"

"아뇨."

갈색 귀를 꿈틀거리고서 노노토리 씨가 말했다.

"이 방울은 소유자를 선택합니다. 적격자가 사용하면 숨겨진 장소를 찾아낼 수 있다고 전해집니다. 그래도 뭐, 평범한 수인의 귀에는 방울 소리가 들리지 않지만요."

"안 들리는 겁니까?"

"이 방울을 울리면 적격자의 귀에만 들리는 소리가 퍼져 나간다는군요. 그 소리가 물체나 마력에 반응하여 되울리는 소리를 듣고서 숨겨진 것을 찾아낼 수가 있는 거죠."

예전 세계의 소나 같은 물건인가?

"이걸 여러분한테 드리겠습니다."

"…………예?"

방금 터무니없는 소리를 들은 것 같은데.

"마을 전체가 의논을 했습니다. 이 『종자의 방울』을 귀하께 드리겠습니다."

잘못 들은 게 아니었다.

"잠깐만요."

"뭔가요? 은인님."

"이거, 마을의 비보 맞죠?"

"예."

"우리한테 선뜻 줘도 되는 겁니까?"

"아이들이 유괴되는 원인을 제공했던 물건이니 차라리 없는 편이 낫습니다."

"아니, 그래도…… 이런 걸 넙죽 받으면 다른 수인 부족에서 큰 소란이."

"괜찮습니다. '전 현자 고블린'이 가지고 가버렸다고 둘러댈 테니까요."

"……과연."

그렇다면 안심이다.

'전 현자 고블린'은 앞으로 숲에 사는 사람들에게서 단죄를 받을 예정이다.

녀석은 이제 변신 스킬을 쓸 수가 없다. 아마도 이대로 유폐되든가 추방당하게 되겠지.

비보가 녀석의 수중에 있는 것으로 해둔다면 아무도 이 마을이나 우리를 노리지 않겠지.

"뜻이 정 그렇다면…… 알겠습니다."

나는 고개를 끄덕이고서 노노토리 씨에게서 『종자의 방울』을 넘겨받았다.

"그럼 전 이만."

노노토리 씨가 고개를 깊이 숙였다.

갈색 귀와 가느다란 꼬리가 팔랑거리고 있다.

"이번에 정말로 감사했습니다. 푹 쉬세요."

노노토리 씨가 숙소를 나갔다.

숙소에는 나와 리타 단둘이 남았다.

나는 의자에 앉아『종자의 방울』을 바라봤다.

"이게 '전 현자 고블린'이 그토록 찾았던 아이템인가……."

아마도 쉽사리 찾아낼 수 없도록 숨겨진 던전을 음파로 탐지해낼 수 있는가 보다.

그 던전에 마왕과 관련된 아이템이 있는…… 모양인데.

"……확인이나 해 둘까."

나는『의식 공유·개량형』으로 커틀러스에게 메시지를 보내고서 자리에서 일어났다.

벽에 걸려 있는 '최초의 수인' 태피스트리 앞으로 이동했다.

정확히 말하자면…… 이 숙소에 들어온 뒤로 줄곧 태피스트리를 보고 있던 리타 옆으로.

"'숲을 질주하는 짐승은 간절히 기도하여 인간의 모습으로 바뀌었다. 그 소녀와 인간이 맺어져서 태어난 아이가 최초의 수인'……맞지?"

"……응."

리타가 온화한 표정으로 태피스트리를 올려다보고 있었다.

"초대 수인은 사람의 모습으로도, 수인의 모습으로도 변할 수 있었대."

"하이브리드였구나."

"'하이브리드'?"

"인간과 수인 양쪽의 힘을 구사할 수 있는 상위 종족이라는 의미."

"……그런, 가?"

리타가 고개를 갸웃거렸다.

"왠지, 잘 와닿지가 않네. 너무 옛날 일인걸."

"그래도 말이야. 리타가 우수한 선조의 피를 짙게 물려받았다는 뜻이 아닐까?"

리타는 수인과 인간, 양쪽으로 변할 수 있다. 『완전 짐승화』 스킬을 사용하면 아름다운 늑대로 변할 수도 있다. 다시 말해 '최초의 수인'과 그 어머니의 능력을 고스란히 물려받은 셈이다.

"……그게 말이야."

리타가 나를 보면서 곤혹스럽게 고개를 갸웃거렸다.

"신기할 정도로 기분이 아무렇지도 않아."

"아무렇지도 않다?"

"내가 이투르나 교단의 신관장이었을 때였다면 크게 기뻐했을 거야. 하지만 지금은 달라. 내가 우수한 수인인지, 아니면 덜떨어진 수인인지는 이제 중요하지가 않아."

"부족은? 이곳 '네르함'은 리타가 있었던 부족과 합류할 거잖아?"

"……응."

"여동생이랑 만나고 싶지 않아?"

"응. 됐어. 내가 있어야 할 곳은 여기이니까."

리타가 불현듯 내 손을 잡았다.

그러고는 내 손을 이끌어 자신의 뺨에 대고는 눈을 감았다.

따뜻하다. 리타의 체온이 직접 전해진다. 왠지 나도 신기한 기분이 들었다.

"게다가 내가 기뻤던 이유는…… 말이야. 나기랑 함께 이 이 야기를 들었다는 거야."

"……리타."

"사랑하는 주인님과 내 선조님 이야기를 들을 수 있었어. 다 른 사람들은 내가 어떤 수인인 몰라도 괜찮아."

"그래?"

"'내가 우수한 선조의 피를 물려받았다'는 사실을 듣고서 나기 는 어떻게 생각했어?"

"리타가 기뻐하겠구나 싶었지."

"내가 아니라 나기는 어땠어?"

"리타가 굉장하다는 걸 알았지만, 리타는 리타야. 내 소중한 『혼약자(魂約者)』야."

"거봐, 하나도 달라진 게 없네."

리타가 어깨를 들먹이고서 웃어보였다.

정말이다.

'최초의 수인'이 어떤 생물이었든, 리타가 그 피를 짙게 물려 받았든 아니든 간에 우리는 하나도 달라진 게 없다.

당연한 것이지만…… 이건 굉장한 일인지도 모른다.

"근데 말이야, 리타."

"뭐야, 나기."

"이제 수많은 수인들 속에 있더라도 무섭지 않지?"

어젯밤에 리타가 방에 왔을 때는 '수인 마을에 있으니 자신을 버렸던 가족이 떠올라 무섭다'고 했었다. 현재 리타는 차분하다. 몸의 떨림도 멎었다.

"……어떻게 아는 거야?"

"그건…… 리타가 내 몸에 찰싹 달라붙어 있지 않으니까?"

"……그럴지도."

어느새 리타가 내 어깨에 몸을 가까이 댔다.

빈틈이 없을 정도로 딱.

"……그럼 두려움이 없어진 김에 부탁을 해도 될까요? 주인님."

"응. 지금 여기서 이뤄줄 수 있는 부탁이지?"

"아직 아무 말도 하지 않았는데."

"역시나 그 정도는 알 수 있지. 주인님이니까."

"그럼 말해 봐."

"알겠어.

"……여, 역시 기다려!"

리타가 어험, 하고 헛기침을 했다.

"……역시…… 이런 부탁은 내 입으로 해야…….."

그러고는 벚꽃색 눈동자로 나를 똑바로 쳐다보고서…….

"……주인님. 내 모든 걸 받아주시겠어요?"

새빨개진 얼굴로 그렇게 말했다.

"세실 짱한테 했던 걸 내게도 해줘. 마음도, 영혼도…… 몸도, 나기가 가져 줬으면 해. 나, 이제 괜찮아. 다른 수인들은 무섭지 않고, 가족과 다시 만나더라도 아무렇지도 않아. 난 이제 몸도, 마음도, 영혼까지도 나기의 것이니 과거 따윈 연연하지 않는다고 자신 있게 말할 수 있으니까……."

"좋아……, 물론이야."

나는 리타의 머리를 어루만졌다.

리타가 간지럽다는 듯 눈을 감았다.

"미안해. 이렇게 졸라 대는 난 욕심쟁이일까?"

"그렇지 않지."

왠지 엄청 부끄러워져서 나는 시선을 가볍게 돌렸다.

"나도…… 리타랑 그런 걸 하는 상상을 하기도 했으니까."

"있잖아, 주인님."

"뭐야, 리타."

"그 말은 내 눈을 똑바로 보고서 해줬으면 좋겠네. 그리고 조금 더 구……."

"구?"

"……구, 구체적으로……."

"그거, 허들이 상당히 높은데……."

"나, 나도 똑바로 말했는걸."

"말했지."

"토토리 짱이랑 루토리 짱의 조언도 확실히 따르고 있는걸."

"토토리랑 루토리의 조언……이라니."

수인 노예는 신뢰하는 주인님과 단둘이 있을 때…… 속옷을 입지 않는다…… 였던가?

"그렇게까지 무리할 필요는 없지 않을까……."

"무무~."

리타가 눈을 치뜨고서 나를 째려봤다.

"노력하는 노예한테는 그에 상응하는 말을 해주는 거예요. 주인님."

"……응, 알겠어."

나는 리타의 어깨에 손을 톡 올렸다.

리타의 어깨가 흠칫 떨렸다.

그래도 리타는 차렷 자세로 내 시선을 똑바로 보고서…….

""………….""

화악.

나와 리타의 얼굴이 새빨개졌다.

서로의 얼굴이 가깝다. 숨소리마저 또렷하게 들린다.

내가 심호흡을 하자 리타도 타이밍을 맞춰서 심호흡을 했다.

리타가 내 가슴에 손을 대길래 나도 똑같이 했다.

그렇게 서로의 심장 박동을 느끼고, 호흡이 일치되어 가는 것을 확인하고서 우리는 다시금 서로를 똑바로 쳐다봤다.

"그럼 말할게."

"예. 말해 주세요."

리타는 단 한마디도 흘려듣지 않겠노라 귀를 쫑긋 세웠다.

나와 리타는 한 번 더 심호흡을 했다.

그러고서…….

"난 리타를 안고 싶어. 『결혼(結魂, 스피릿 링크)』도 확실히 할게."

"아, 옙! ……해주세요…… 주인님……, 어라?『결혼』도 하는 거야?"

"응. 방법을 찾아냈어."

"그렇구나……. 근데 내게도 적용할 수 있는 방법이야?"

"아마도 괜찮을 거야. 리타랑『의식 공유 · 개량형』으로 다시 연결되기만 하면 되니까."

"……어?"

리타가 의아해하는 표정을 짓자 나는 설명했다.

『결혼』을 성립시키려면 나와 리타가 마력으로 이어질 필요가 있다.

그리고『의식 공유』계열 스킬로 마음까지도 이어질 필요가 있다. 세실과 했을 때는 통상판『의식 공유』를 썼다. 그러나『의식 공유 · 개량형』으로도 동일한 효과를 얻을 수 있을 것이다.

그러면 리타와도『결혼』을 성립할 수 있다.

"그러니까…… 저기…… 리타 쪽에서 내가 어떻게 해주길 원하는지 메시지를 보내는…… 그런 느낌인데……."

"어, 어, 어어어어어어어엇?!"

리타의 얼굴이 화악, 하는 소리가 들릴 정도로 새빨개졌다.

"내, 내가? 나기한테?"

"리타가 '보내고 싶다'고 생각하기만 하면 메시지를 보낼 수 있을 테니까 여하튼 내게 '전하고 싶은 생각'을 계속 떠올리면 되지 않을까?"

『결혼』은 몸과 마력뿐만 아니라 마음까지도 이어질 필요가 있다.

그러므로 리타가 생각하는 것…… 원하는 것…… 전부를 나에게 보내야만 한다.

"그, 그건……."

리타가 손을 뺨에 대고서 고개를 떨궜다.

귀가 꿈틀꿈틀 떨리고 있다. 꼬리를 붕붕 휘젓고 있어서 당장에라도 날아갈 것만 같다.

"…………우, 우우. 창피해서 죽을 것만 같아……."

"…………도저히 안 되겠으면 말해. 멈출 테니까."

"그건 안 돼."

리타가 울상을 지으면서도 단호히 말했다.

"나, 숙맥인걸. 이런 때가 아니면 나기한테…… 해달라는 말을 할 수가 없는걸. 그러니까 노력할래. 나기랑 나의 모든 걸 이어서 『결혼』도 할 수 있도록 노력할 테니까…… 그러니까……."

리타가 내 등에 팔을 둘렀다.

그리고 아름다운 벚꽃색 눈이 서서히 다가오더니…….

"……영원히 충성할 것과 영혼을 잇기로 약속……, 맹세하니다. 제가 주인님과 하나가 되는 걸 허락해 주세요…….”

그리하여 우리는 눈을 감고…… 입을 맞추고서…… 숨이 막힐 때까지…… 그대로.

그러고는 방음 능력이 우수한 커튼을 쳤다.
서로 함께 옷을 벗고…… 마주 보고…….
겸연쩍게 웃고, 재잘거리고…… 충분히 시간을 들여서…….

“……이, 있잖아, 나기. 이런 때는…… 사람의 모습을 하는 게 나을까? 아니면 수인의 모습이 나을까? 내가 추천하는 건 사람의 모습인데. 그, 그게, 수인의 모습일 때는 귀나 꼬리 같은 게 여, 여러모로 반응해 버리잖아. 그, 그게 신경이 쓰일까 싶어서……. 그리고, 사람 모습을 하면……, 어라? 꼬리가 감춰지질 않아……. 꼬리가 기뻐하고 있어. 어머, 제멋대로 움직이고 있어. 창피해……, 창피해애.”

서로의 신체를 여기저기, 여러모로 확인하면서…… 하나가 되었다.

“어, 어머. 꼬리가, 멈추질 않아. 멈추질 않는다구. 어, 어쩌지? 나기의 행동에 맞춰 제멋대로 움직여……, 다 들키겠어. 아, 안 돼……, 힘……이 들어가질 않아. 꼬리, 감출 수가 없어.

감출 수 없어……, 내가 나기한테 뭘 원하는지 다 들통 나버려. 내 마음속이…… 기쁨으로만 가득하다는 걸, 다 들킬 거야……, 들켜버릴 거야…….”

리타가 열심히『메시지』를 보냈기에, 리타가 바라는 대로…….

“……나기…………, 나기의 냄새. 한가득. 몸 밖에도…… 안에도. 기뻐…… 나기, 좋아…… 좋아좋아좋아좋아……. 얼굴, 보여줘. 꼭 끌어안아…… 떨어지는 거…… 싫어. 아, 앗. 좋아, 좋아좋아…… 사랑해…….”

어느새 리타의 입에서 의미가 잘 이어지지 않는 말들이 떠듬떠듬…….

모두 끝난 뒤…….

“…………나기이.”
“응. 리타.”
“…………사랑해…….”

리타는 모든 불안을 지워낸 것처럼 평온한 얼굴로 잠들었다. 그리고…….

· 일정 시간 이상『혼약』──조건 클리어.

· 일정 시간 이상 마력적 결합 ──조건 클리어.

· 일정 시간 이상 서로를 완전히 신뢰한 상태에서 포옹 ──조건 클리어.

· 일정 시간 이상 정신적인 유대 ──조건 클리어.

『결혼(스피릿 링크)』이 성립하여『결혼 스킬(스피릿 링크 스킬)』이 각성했습니다.

내 눈앞에 '결혼 성립'을 나타내는 메시지가 표시됐다.

소마 나기

『고속 재구축(퀵 스트럭처) · 개량형』(결혼 스킬)

『고속 재구축』의 강화판.

재구축한 뒤 스킬이 불안정해지기까지 시간이 연장된다.

여태까지는『고속 재구축』을 한 뒤에 노예와 마력의 실로 이어져 있었지만, 그 역시 해소된다. 노예가 시야에 있거나, 혹은 목소리가 들리는 위치에 있다면 원거리에서 스킬을 안정화시킬 수 있다. 아주 편리하다.

리타 멜페우스

『분신 공격(익스텐드 아미)』(결혼 스킬)

자신의 분신을 3명까지 만들어 낸다.

분신은 제각각 생각을 가지고서 행동할 수가 있다.

『결혼』한 상태인 세실 파롯의 힘을 빌려서 분신 중 하나에『속성』을 부여할 수도 있다.

예를 들어『염』속성이 부여된 분신은 모든 공격에 염속성이 부여된다.

"……고생했네. 리타,『결혼』이 성립했어."

"…………나기…… 영원히…… 함께."

"여기 있어. 오늘은 충분히 활약했으니 푹 쉬어."

"…………음냐. 방울을 다는 걸…… 까먹었다…….'

"……메뉴얼을 고집할 필요는 없으니 각하하는 것으로."

우리는 그대로 꼭 붙어서 잠들었다.

날이 밝고 슬슬 일어날 시간이 되었을 때 리타를 깨워 몸단장을 하고서…….

그리고.

"…………나 군, 리타 씨, 아침밥 다 됐어."

"…………시, 식사를 가져 왔습니다. 무, 문 옆에 놔두고 갈 테니까……."

""예, 예, 일어났어요~! 당장 문을 열게요!!""

나와 리타는 동시에 대답하고는 얼굴을 마주 보면서 웃음을 터뜨렸다.

제12화 「성녀님에게의 보고와 비밀스러운 파티명 대각성」

이튿날 우리는 네르함 마을을 떠났다.

아침 일찍 나섰지만 장로님, 토토리와 루토리, 노노토리 씨가 배웅을 해줬다.

그들은 앞으로 '이동하는 부족'과 합류하여 이번 사건에 관해 이야기를 나눌 예정이란다.

"마음 같아서는 수인 부족을 구해 주신 여러분들을 소개하고 싶습니다만."

"죄송합니다……, 사양하겠습니다……."

장로님이 말하자 나는 고개를 가로저었다.

다만…….

"리타. 이리 와."

"……예."

내가 손짓을 하자 리타가 앞으로 나섰다.

그녀는 자그마한 금색 팔찌를 들고 있었다.

리타의 머리카락을 엮어서 만든 것인데 내 머리카락도 조금 쓰였다.

"이걸 '이동하는 부족'…… 리토라라족의 미스타라는 여자애한테 건네주시면 안 될까요?"

리타가 작은 목소리로 장로님에게 말했다.

수인은 꼬리 무늬와 비슷한 액세서리를 소중한 사람에게 건네는 풍속이 있다.

그리고 '미스타'는 어렸을 적에 헤어진 리타의 여동생의 이름
이다.

"제 이야기는…… 하지 않아도 돼요. 그저 건네주기만."

"소중한 분이지요? 만나보지 않아도 되겠소?"

"응. 그걸로 족해."

리타가 웃으며 내 손을 잡았다.

"왜냐면 만나면 주인님을 자랑하고 싶어지는걸. 미스타랑 부
모님, 리토라라족 모든 수인들이 주인님을 알아 줄 때까지 주저
리주저리 떠들어 댈걸. 피로 이어진 가족보다 더더더 소중한 사
람이 생겼습니다, 하고 말이야. 그거, 아마 끝이 나지 않을걸."

그래서 팔찌를 넘겨주기만 하면 족하다.

현재 나, 리타 멜페우스가 굉장히 행복하다는 것만 전하면 족
하다.

……리타가 그렇게 말하고서 장로님과 마을 사람들에게 고개
를 숙였다.

물론 우리도 함께.

장로님과 마을 사람들이 조금 당황한 듯했다. 그러나…….

"알겠습니다. 은인 분들의 부탁이니 책임을 지고 건네도록 하
겠소."

"건네줄게~."

"개인 정보는 지킬게~."

……우리의 뜻을 확실히 알아줬다.

그 뒤로 우리는 네르함 마을 사람들에게 손을 흔들고서 숲을 나왔다.

마을이 시야에서 사라진 뒤 리타가 하우, 하고 한숨을 내뱉었다.

"여동생이랑 만났으면 좋았을 텐데, 리타."

"……무리인걸."

리타가 뺨에 손을 대고서 고개를 가로저었다.

"왜, 왜냐면 지금 미스타랑 만나면 나기와 겪었던 일들을 전부 다 말해 버릴지도 모르는걸. 사랑하는 주인님이 생겼다는 것도, 줄곧 함께 여행했던 것도, 『혼약』했다는 것도……, 아마도 어제 일까지도."

"…………아."

"거봐, 무리지?"

"그 부분만 숨길 수는 없겠어?"

"내가 그렇게 똑부러진 수인 같아?"

아닌 것 같습니다.

왜냐면 리타의 얼굴이 새빨개졌거든. 꼬리를 힘차게 붕붕 휘젓고 있고, 귀가 꿈틀꿈틀 움직이는 모습만 봐도 속내가 훤히 다 보인다.

같은 마차에 타고 있는 세실과 아이네도 어젯밤에 틀림없이 무슨 일이 있었을 거라는 표정들을 짓고 있으니 말이야.

"그러니까 됐어. 응. 이대로가 좋은걸."

"알겠어. 이제는 말 안 할게."

"그럼…… 이 쓸쓸한 마음을 달래줄래?"

리타가 그렇게 말하기에 나는 쫑긋 서 있는 그녀의 귀를 어루만졌다.

마차가 숲을 빠져나와 가도로 들어설 때까지 쭉.

"그래서 수인 마을을 습격했던 건 고블린으로 변한 '자칭 용사'였습니다."

'수인 마을'을 나온 뒤 나는 성녀님이 있는 동굴에 와 있었다.

물론 이번 사건을 보고하기 위해서다.

〈무슨 얘기인지 알겠어……, 그랬구나. 적은 영웅이 되고 싶었던 귀족이었고, 그대들이 그 정체를 까발렸고, 아이들과 마을을 구했고, 덩달아서 수인들 간의 분쟁도 막았다 이 말이지?〉

"본의 아니게."

정말로 그렇게까지 할 생각은 없었다.

우리의 모토는 '무능한 척 살아가자, 되도록 일하지 않고 살아가자'이니까.

뭐, 후회는 하지 않는다. 이 세계에서 살아가기로 정했는데 근처에 '현자 고블린'이나 흉포해진 마물이 난동을 부리고 있다면 심란할 테니까.

"반성합니다. 다음에는 남의 이목을 끌지 않도록……."

〈그런 얘기가 아냐! 나기 군, 그대들이 대단하다는 걸 알고 있었지만…… 전력을 다할 줄은 예상치 못했어! 그대들이 두 부족을 구하여 평화를 이룩했다는 걸 알기나 하는 거야?! 얼마나 굉장한 일인지 모르는 거야!〉

"그건 제쳐 두고요."

〈제쳐 둔다고?! 굉장한 일인데?!〉

학을 떼고 있는 성녀님에게 나는 '전 현자 고블린'에게 들었던 정보를 전했다.

비보(祕寶)와 녀석이 찾고 있던 '수수께끼의 던전'. 『용사 퀘스트』까지.

〈그래, 그래. 예전에 마족 아리스티아한테서 들었던 이야기가 떠오르네.〉

성녀님이 턱을 괴고서 고개를 끄덕였다.

〈옛날에 마족이랑 오래된 용이랑…… 또 다른 종족이 커다란 마력 결정체를 만들어 비밀 던전에 숨겼대. 이 세계에 위기가 닥쳤을 때 쓰기 위해서 말이야.〉

"오래된 용이라면 '천룡 브란샤르카' 말입니까?"

〈아마 아닐 거야. 데리릴라 씨는 천룡을 죽은 직후의 시대에서 살았으니까. 그 오래된 용이 천룡이었다면 그냥 브란샤르카라고 불렀겠지.〉

그렇다면 이 세계에는 천룡보다도 더 오래된 용이 있다는 뜻이다.

'또 다른 종족'이란 '고대 엘프'를 말하는 걸까?

'하얀 길드'의 용사들이 그 유산을 찾고 있다. 그것이 바로 『용사 퀘스트』. 그 녀석들은 그 퀘스트를 위해 '수인 마을'에 있는 『종자의 방울』을 원했다. 그것이 있으면 유산이 있는 던전을 찾아낼 수가 있으니까.

"그 던전이 어떤 곳인지 압니까?"

〈옛날에 아직 모험가로 활동했던 시절에 마족 아리스티아랑 술을 마시면서 그 얘기가 화제에 오른 적이 있었지. 힘과 기술과 지혜를 시험하는 미궁이라는 것밖에 몰라.〉

"그렇습니까?"

〈그래서 어쩔 셈이야?〉

"어쩔 셈이라니요?"

〈나기 군. 그대는 유산을 찾으러 그 던전에 갈 건가?〉

"……글쎄요."

솔직히 내키지가 않는다.

용사가 그것을 노리고 있다면 맞닥뜨릴 가능성이 있다.

이 세계에 위기가 닥쳤을 때 요긴하게 쓰일 아이템을 찾은들 쓸 데가 없다.

그러나…….

세실과 리타에게 말했던 것처럼 이 세계가 어둠에 잠식되는 것 역시 곤란하다.

나는 이 세계에서 살아가기로 결심했고…… 장차 태어날 아이들 생각도 해야 하니까.

해둘 수 있는 일은 해두자. 이 세계를 위해서가 아니라 우리의 평온한 생활을 위해서.

"가보겠습니다. 그 수수께끼의 던전에."

〈오호.〉

성녀님이 갑자기 내 얼굴을 들여다봤다.

〈평소답지 않게 진지하잖아. 흐음. 무언가 각오를 굳힌 듯한 눈빛이고 말이지. 무슨 바람이 분 거야?〉

"제가 그런 표정을 짓고 있습니까?"

〈짓고 있지. 나기 군, 대체 무슨 심경의 변화가 있었던 걸까?〉

"……세계의 명운이 걸려 있는 유산을 나쁜 녀석들한테 빼앗길 수는 없습니다. 그래서 우리가 가장 먼저 유산을 확보해야겠다고 결심했습니다."

〈말투가 무지 딱딱해. 무서워!〉

"게다가 그 유산은 커다란 마력 결정체라고 했죠?"

그렇다면 엄청난 마력이 깃들어 있을 것이다.

가령 용이 남긴 것이라면…… 알 상태인 시로를 부화시킬 수 있을지도 모른다.

천룡의 잔류 마력은 흩어져 버렸고 아직껏 회수하지 못했다.

그러나 천룡과 동족인 용의 마력이 유산으로 남아 있다면 시로에게 줄 수 있을지도 모른다.

그러면 우리는 지금, 이 시간을, 시로와 함께 살아갈 수가 있게 된다.

수인들이 던전이 있을 법한 위치 정보도 알려줬다. 숲속에 있는 공백지다.

거리는 여기서 이틀도 걸리지 않는다. 소풍을 가는 기분으로 가보고서 던전을 찾아내거든 살펴보자. 어려울 것 같으면 그대로 돌아간다. 공략할 수 있을 것 같으면 마력을 챙겨서 돌아간다.

그런 방침으로 나가자.

"감사했습니다, 성녀님. 살짝만 들여다보고 오죠."

〈그대는 마치 산책을 하러 다녀오겠다는 투로 말하는구나.〉

성녀님이 입가를 가리고서 웃었다.

〈데리릴라 씨의 던전을 손쉽게 클리어한 그대들이라면 비보가 있는 곳에 이를 수 있을지도. 다만 조심해. 놀이 친구한테 무슨 일이라도 생긴다면 울어 버릴 테니까!〉

"골치가 아파질 것 같으면 돌아올 테니 괜찮아요."

나와 성녀님은 자연스럽게 팔을 올리고서 서로의 주먹을 맞댔다.

그대로 나는 손을 흔들고서 성녀님의 동굴을 뒤로 했다.

그 뒤에 휴양지로 돌아가 이틀쯤 쉬면서 여행 준비를 마쳤다.

'항구도시 이르가파'에 있던 이리스와 라필리아도 이쪽으로 전이했다.

나는 둘에게도 사정을 전하고서 작전 회의를 벌였다.

더 꼼꼼히 준비하고, 성녀님과도 정보를 교환하고, 작전을 짜내고…….

며칠 뒤 우리는 '수수께끼의 던전'을 향해 출발했다.

이번에는 풀 멤버다. 나와 세실과 리타, 아이네와 레티시아, 이리스와 라필리아, 커틀러스와 마검 레기. 물론 팔찌 속에 있는 시로까지.

유유자적 느긋하게 조바심내지 말고.

피곤하면 쉬기도 하고, 별 내용도 없는 잡담을 나누면서 걸어갔다.

"나기 님, 나기 님."

"왜 그래, 세실."

"저희들, 나기 님을 제외하고 파티 멤버가 9명이잖아요?"

"……아니, 핀도 포함하면 10명 아닌가?"

"커틀러스랑 핀 씨는 동일인물이니 한 명으로 치면 된다고 생각해요."

"……잠깐. 세실이 무슨 말을 하고 싶은지 알았어."

"이거 혹시……."

"안 돼, 세실. 그 단어를 입에 올려서는 안 돼."

이유는 무지 부끄러우니까.

그러나 리타와 아이네, 이리스와 라필리아도 세실이 무슨 말을 하고 싶은지 눈치챈 듯했다. 상식인인 레티시아마저 납득한 얼굴로 고개를 끄덕이고 있다.

세실은 모두의 얼굴을 둘러보고서 스읍, 하고 숨을 들이마시고는…….

"이거 혹시 '죽음을 고하는 아홉 공주들(나인 아포칼립스)'이 모두 모인 거 아닌가요!!"

말해 버렸어……!

아아아아아아아아.

얼굴이 저절로 새빨개졌다.

그~러~니~까. 그건 내가 예전 세계에서 제작했던 게임 이름일 뿐이고, 예전에 무심코 파티명으로 선언해 버리긴 했지만 특별한 의미가 없대도! 무지 창피하다니까!

"……과연, 드디어 9명이 다 모였구나."

"그보다도 아이네와 우리 파티는 이제부터 아홉 번째(시로짱) 파티원을 깨우기 위한 퀘스트를 수행하러 가는 거야."

"그것이 시로 씨의 '엄마'의 역할이지."

"눈에 보이지 않는 운명이네요오. 멋지네요오."

"…………어느샌가 9명 모두가 정해져 버렸네요."

"어? 어? 어? 주공의 파티에는 그런 비밀이 숨겨져 있었단 말입니까?"

〈있고말고. 그래서 이 몸도 오랜 시간 돌고 돌아서 주인님과 만났는지도 모르겠구만.〉

……다들 멋대로 떠들어 대고 있네.

"그럼! 시로 씨를 깨워서 '죽음을 고하는 아홉 공주들'을, 나기 님이 살았던 세계의 언어로 표현하자면, '컴플리트'하도록 하죠!"

"""""""〈오~!!〉"""""""

그런 연유로.

의욕으로 충만한 '죽음을 고하는 아홉 공주들'(이동 중에 완전히 정착됐다)과 나는 이틀 걸려 숲속에 있다는 공백지에 도착했다.

그곳은 숲 중앙에 있는 확 트인 공간이었다.

키 큰 나무들이 우거진 숲인데도 그 평원에만 아무것도 없었다. 인공물도, 아무것도 없다. 방금 전까지 토끼가 있었는데 우리를 보고는 달아났다. 마물의 기척도 느껴지지 않았다.

"세실, 『마력 탐지』를 써줘. 리타도 결계 같은 게 없는지 살펴보고."

내가 말하자 세실과 리타가 눈을 감았다.

잠시 뒤…….

"……마력은 딱히 느껴지지 않아요."

"『결계 파괴』를 써봤는데도 아무런 반응이 없었어."

"마법이나 스킬로 은폐했을 가능성은?"

내가 묻자 세실이 고개를 가로저었다.

"모르겠습니다. 만약에 그렇다면 수준이 꽤 높은 마법이나 스킬이겠네요."

"그렇겠지. 그럼 밥이나 먹자."

본격적으로 조사에 들어가는 건 그 이후다. 배가 고프면 좋은 아이디어도 떠오르지 않으니까.

"그럼 『피크닉 돗자리』를 깔게요."

"아이네는 돌로 아궁이를 만들 거야. 세실 짱, 불을 붙여줄 수 있을까?"

"저도 돕겠어요."

"저도 돕지 말입니다!"

"이따가 이리스가 차를 끓여 드릴게요. 요즘에 아이네 님한테서 배우고 있거든요."

모두들 식사 준비를 착착 시작했다.

『피크닉 돗자리』에는 숲에 사는 마물 그림이 그려져 있다. 라필리아의 『대마(對魔)결계』다.

마물이 출현하면 결계 배리어가 발생하는 구조다.

모두가 쉬라고 말해줘서 나는 피크닉 돗자리에 드러누웠다.

하늘이 화창하고 푸르르다. 멀리서 새가 지저귀는 소리가 들려온다.

얼마 전에 수인과 '숲고블린' 사이에서 전투가 벌어졌던 것이 믿기지 않을 만큼 평온했다.

정말로 이 근처에 던전이 있는 걸까?

"……아무것도 없는 편이 나은데 말이야."

시로에게 줄 마력은 매력적이긴 하지만.

이대로 소풍을 즐기고서 돌아가더라도 불만은 없다. 그만큼 날씨가 좋다.

"우리가 모르는 용이 이 세계에 있었다……, 혹은 '지금도 있다'면 적어도 안전한 던전에 초대해 줬으면 좋겠는데."

그런 생각을 하는 사이에 식사 준비가 끝났다.

마력은 발견되지 않았다. 결계도 없다. 그래서 던전이 정말로 있는지 다 함께 이야기를 나눴다.

내가 내세운 가설은 '눈에 보이지 않는 입구', '던전이 꼭 지하에 있다고 단정할 수 없다', 그리고 '전이'.

"그럼 실제로 시도해 보자. 리타, 부탁해."

"예. 주인님."

식사를 마친 리타가 일어섰다.

딸……랑.

청아한 소리가 들렸다.
리타의 목걸이에 달려 있는 금색 방울의 소리다.
"'숲을 질주하는 짐승의 주인…… 그 종자의 이름으로.'"

딸랑, 딸랑, 따라랑.

리타가 손가락으로 방울을 집어 흔들면서 영창하기 시작했다.

"'주인님과의 인연── 충성의 증표인 이 음색으로── 감춰
진 존재를 내 앞에 드러낼지니──.'"

리타가 선언하자 소리가 멎었다…….
아니, 정확하게 말하자면 리타의 귀에만 들리는 소리로 바뀌
었다.
이 『종자의 방울』은 장착자에게만 들리는 소리를 반사시켜 숨
겨진 물체를 찾아낼 수가 있다. 이른바 '마력적 음파 소나'라고
할 수 있다. 그 증거로 쫑긋 서 있는 리타의 귀가 무언가를 찾듯
이 떨리고 있었다.
"……보여. 나기, 세실 짱, 잠깐 와줄래?"
"응. 알겠어."

"아, 예."

나는 세실의 손을 잡아 이끌며 리타가 지시하는 쪽으로 이동했다.

초원 중앙에서 오른쪽으로 몇 걸음 이동한 지점이었다.

"여기에 숨겨진 마법진이 있어."

리타가 말했다.

"숨겨진 마법진……, 그럼 마력을 불어넣지 않으면 발현되지 않는 유형인가."

"어떻게 알았어?"

"여기가 마력을 주입해야하는 포인트라서 리타가 나와 세실을 이리로 불렀을 테니까. 여긴 마법진의 가장자리이거나, 혹은 마법진의 중심 포인트라고 판단했을 가능성이 높겠네."

"그러니까 어떻게 알았냐고?! 내 마음이라도 읽었어?"

예전 세계에서 그런 책을 제법 많이 읽었으니까.

더욱이 이쪽 세계에서도 마법스러운 시스템을 여러 차례나 경험했으니까.

"일단 마력을 주입해 보자. 세실, 리타가 지시하는 포인트에 지팡이를 꽂아봐."

"예, 나기 님."

세실은 리타가 지시하는 대로 발밑 바닥에 『진·성장(聖杖) 노이엘트』를 박았다.

나는 뒤에서 세실을 끌어안은 듯한 자세로 그녀의 가슴에 손을 댔다. 마력을 공급하기 위해서다.

"……읏."

"왜 그래, 세실."

"……아, 아뇨, 아무것도 아니에요."

"혹시, 이 땅에 트랩이?"

"아, 아뇨. 그게 아니고……."

"마력을 주입하는 자한테 고통을 주는 구조로 되어 있나? 그렇다면 일단 여기서 떨어지자. 다들 거리를 벌려……."

"아, 아니에욧!"

세실이 새빨개진 얼굴로 나를 쳐다봤다.

그리고 내 귓가에 얼굴을 가져가더니…….

"……나기 님의 커다란 손이…… 가슴에 닿아서………… 나기 님이 총애해 주셨던 때가…… 떠, 떠올랐던 것뿐……이에요."

"…………왠지 미안하네."

"아, 아뇨."

이런, 내 얼굴까지 다 화끈거린다.

나와 세실은 서로 얼굴이 새빨개져 고개를 옆으로 돌렸다. 뭐야, 이게.

"…………미안. 다 들어 버렸어."

리타마저 얼굴이 새빨개졌다?!

그렇겠지. 이렇게나 가까운데. 리타는 수인이니 다 들렸겠네.

"괘, 괜찮아. 나, 난 이제 세실 짱의 그 심정을 아니까."

"그, 그렇죠. 절로 떠오르곤 하죠."

"알아. 나기의 손가락이 닿으면…… 무슨 스위치가 켜진 것

처럼."

"아, 예. 역시 리타 씨. 정확한 비유예요."

"…………."

"…………."

뭐야, 이게.

어째서 우리 셋은 초원 한가운데서 얼굴이 새빨개진 채로 서 있는 거지…….

"……나 군, 세실 씨, 리타 씨, 괜찮은 거야……, 어머?!"

"""엡."""

아이네의 목소리에 우리는 제정신을 차렸다.

"그, 그럼 세실, 다시 한번."

"아, 예. 나기 님."

"나, 난 아무것도 못 봤고 못 들었으니까 괘념치 마."

나는 다시 세실의 가슴에 손을 댔다. 리타는 귀를 축 늘어뜨렸다.

"그럼 지팡이로 땅에 마력을 불어넣겠습니다."

세실이 말했다.

지팡이가 희미하게 빛났다.

나는 세실의 가슴에 손을 댄 채로 마력을 공급하기 시작했다.

두 사람분의 마력이 땅바닥을 타고 흘렀다. 그 흐름이 왠지 느껴졌다. 지팡이와 함께 땅바닥도 희미하게 빛나기 시작했다. 초원에 지도 같은 게 그려지기 시작했다. 이것은…….

"……『전이 마법진』이지 말입니다!"

멀리서 커틀러스가 외쳤다.

땅바닥에 출현한 것은 우리도 자주 이용하고 있는 『전이 마법진』…… 그 대형판이었다.

"이게 '수수께끼의 던전'으로 이어지는 입구인가?"

이곳에 던전이 있는 것이 아니었다.

던전으로 전이하는 포탈이 있었던 것이다.

"커틀러스. 핀을 불러 줘. 『전이 아뮬렛』으로 어디로 전이되는지 살펴봐 줘."

"아, 알겠지 말입니다……."

커틀러스가 몸을 배배꼬면서 나를 쳐다봤다.

아, 그렇구나. 내가 도와줘야 하지.

나는 커틀러스를 나무 뒤로 데려갔다. 모두들 손을 흔들며 보내줬는데…… 엄청 창피하다. 커틀러스의 얼굴도 새빨개졌고.

어쩔 수 없다. 핀을 불러내려면 내가 커틀러스의 맨살을 봐야만 하니까.

"호, 혼자서 하는 건 부끄러우니…… 부탁드리지 말입니다. 주공."

"으, 응."

나는 커틀러스의 등 뒤로 팔을 둘러 가슴 보호대를 벗겼다.

긴장한 듯 어깨를 떨고 있는 커틀러스의 상의를 살짝 벗기고서 가슴을 드러냈는데…….

"…………웃."

커틀러스가 여러 번, 눈을 깜빡이더니…….

"……이, 이걸로는 부족합니다. 그, 조금 더, 가슴을 드러내는 편이."

"……이렇게?"

"안 돼요, 안 돼. 역시 상의를 확 벗겨야 합니다. 속옷도 벗을 테니……."

"야."

나는 핀의 이마를 쥐어박았다.

그녀의 눈은 진즉에 적보라색으로 바뀌어 있었다. 핀으로 변화했다는 증거다.

"모두들 기다리고 있으니까 가자. 핀."

"버, 벌써 나와버리다니. 모처럼 벗기기 쉬운 옷으로 갈아입었건만……."

핀이 혀를 빼꼼 내밀었다.

나는 핀의 손을 잡고서 마법진으로 돌아갔다.

『전이 아뮬렛』을 든 채로 땅바닥에 손을 대다가 핀이 고개를 들었다.

"저 산으로 전이됩니다."

숲 너머로 보이는 얕은 산을 가리켰다.

"정확히 말하자면…… 산 중턱에 있는 동굴…… 그 안이네요."

"거긴 위험해?"

"그렇지 않습니다. 주변을 보니…… 아무것도 없는 방입니다. 맞은편에도 마법진이 있으니 바로 되돌아올 수도 있습니다……. 다만."

"다만?"

"방에 사람 발자국이 있습니다. 찍힌 지 얼마 안 됐습니다. 누군가가 던전에 있을 가능성이 있네요."

이곳이 '수수께끼의 던전'으로 이어지는 포탈임에는 틀림없다. 다만 선객이 있다…….

그 맞은편에 있는 마법진은 휴면 상태다. 존재를 확인할 수 있는 사람은 아뮬렛을 소지한 핀과 『종자의 방울』을 소지한 리타뿐.

그렇다면 '수수께끼의 던전'으로 들어가는 다른 경로가 있다는 뜻이다.

던전 공략은 『용사 퀘스트』의 일환이다. 그 안으로 들어갔다면 '하얀 길드'의 소환자일 가능성이 높다. 현재 던전 안에 있는지 이미 돌아갔는지는 모르겠지만…….

"뭐, 무시하면 자꾸만 신경이 쓰일 테니 한 번 가볼까."

"그러도록 하죠. 주공."

나와 핀이 고개를 끄덕였다.

세실, 리타, 아이네, 레티시아, 이리스, 라필리아도 같은 의견이었다. 레기는 두말할 필요도 없었고, 시로는 반쯤 졸린 상태이긴 했지만 '가자~.' 하고 대답해 줬다. 위험할 것 같으면 곧바로 돌아오기로 핀에게 다시금 당부하고서…….

"그럼 핀, 『전이 포탈』을 기동해 줘."

"알겠습니다! 주공!!"

우리는 '수수께끼의 던전'으로 전이했다.

─몇 시간 전. 숲속. 화산 기슭에서─

"여기서 만날 줄은 몰랐는데. 수인들, 그 남자를 넘겨주지 않 겠나?"

숲속. 화산 기슭.

여러 인간들이 이동 중인 수인들의 앞길을 가로막았다.

수인들은 우리에 갇힌 '전 현자 고블린'을 옮기고 있는 중이다. '전 현자 고블린'을 산속 동굴에 유폐하는 것이 숲에 사는 주민들이 내린 판결이기 때문이다.

"거절한다. 이 자는 산속 동굴에 유폐되어야 한다."

"수인 부족을 어지럽힌 중죄인이야. 넘겨줄 순 없다."

"애당초 당신들은 누구야?"

수인들이 대답했다. 그들은 상대방을 헤아리듯 귀를 기울였다.

그들 앞에 여섯 사람이 있었다.

선두에는 풀플레이트 갑옷을 입은 소년이 있고, 그 뒤에는 마법사들이 서 있었다.

"……어쩔래? 싸울까 도망칠까."

"……은인한테 신세를 진 지 얼마 안 됐잖아. 그와 동족인 인간을 다치게 하고 싶진 않아."

"……그렇지. 그분들한테 얼굴을 못 들 테니까."

수인 전사들이 서로를 보며 고개를 끄덕이고는 작은 소리로 작전을 의논했다.

그들 중 두 사람은 '전 현자 고블린'이 갇혀 있는 우리를 짊어지고 있다. 그래서 발이 느리다.

그래서 동료들 중 하나가 적을 교란하면 그 틈에 다른 사람들이 도망치기로 정했다.

"알겠어. 우선은 대화를 하자."

수인 중 하나가 검을 집어넣고서 목소리를 높였다.

그는 팔을 크게 벌려 동료를 맞이하듯이 앞으로 나섰다.

"너희들이 누구인지, 무슨 목적으로 움직이고 있는지……, 바로 지금이다!"

"""""간다!!"""""

그가 외치자마자 나머지 네 사람이 뛰기 시작했다.

숲은 수인의 홈그라운드다.

더욱이 '전 현자 고블린'을 호송하고 있는 수인들은 이동 계열 스킬도 갖고 있다.

그들이 전력으로 달아난다면 쫓을 수 있는 자는 없…….

"……헛수고야. 발동…….."

……을 터였다.

"뭐라?!"

"다리가?!"

"몸이…… 무거워."

"나의 『도주』 스킬이…… 이게 뭐야!"

"너희들을 죽일 생각은 없어. 업무 내용에 포함되지 않은 일을 저지르면 내 책임이거든."

소년이 웃으면서 움직임이 멎은 수인들을 보고 있었다.

그리고 손을 올려 배후에 있는 마법사들에게 신호를 주자……
무수한 마법들을 허공에 날렸다.

'등불', '풍격권(윈드 블로우)', '진공의 날(배니쉬 윈드)'.

비살상, 혹은 살상력이 낮은 마법이 수인들에게 쏟아졌다.

"크아아아아아악?!"

"그만! 우리가 무슨 짓을 했다고?!"

"히이이익!"

빛에 눈이 먼 수인들이 바람에 날려 나무로 내동댕이쳐졌다.
그리고 피를 흘리며 주저앉았다.

덜컹, 하는 소리가 들렸다.

수인들이 짊어지고 있던 우리가 땅바닥에 떨어진 소리였다.

"……히이이이이이이익. 네, 네놈은……."

"엘도르아 폰 가젤. 우리 '하얀 길드'의 말단. 하급귀족의 한심
한 말로네."

"아, 아아. 마침 잘 왔다. 살려다오. 이 녀석들이 내게 '서약'을
강제하여 적에 관한 정보를 말해줄 수 없게 됐지만…… 그래도
쓸모가 있을 거다! 네놈도『용사 퀘스트』를 수행하고 있잖나?!"

"맞아."

풀플레이트 갑옷을 입은 소년이 상냥하게 웃었다.

"너처럼 교활한 짓을 안 해. 던전 탐색용 비보 따윈 필요 없
어. 우린 '길드 마스터'의 시험을 클리어하여 정식 루트를 알아
냈거든."

"그, 그렇군! 그렇다면 나도 데려가라. 협력하여 유산을……,

이봐."

'전 현자 고블린'의 얼굴이 새파래졌다.

소년의 수하가 마법을 영창하기 시작했기 때문이다.

"한 사람 남아서 이 녀석을 왕도의 거점으로 데려 가."

"그 뒤에는 어떻게 처리할까요?"

"용사 스킬의 실험용 표적으로 삼는다."

"……그러지 마. 안 돼애애애애애!!"

로브를 입은 남성이 손바닥을 '전 현자 고블린'의 이마에 댔다.

"……『영겁 수면(이터널 슬립).』

"……으."

'전 현자 고블린'이 스르르 무너졌다.

"그럼 리더는 이대로 퀘스트를?"

"그래. 별수 없지. 용사의 사명을 내버려 둘 수는 없으니까."

소년이 한숨을 내쉬었다.

"그나저나…… 이 세계의 인간은 어째서 이렇게 쉽게 타락하는 거지? 역시 너희들처럼 선택받은 멤버가 아니면 신용할 수가 없겠네."

"—님."

"아아, 알고 있어. 머지않아 난 비보를 손에 넣어 진짜 용사가 될 거야."

소년이 투구를 만지며 웃었다.

"마왕을 쓰러뜨려야만 용사라고 할 수 있어. 난 진정한 용사가 되기 위해서 여기에 온 거니까."

제13화 「결전. 힘과 기술과 지혜의 미궁」

전이는 수십 초 만에 끝났다.

널찍한 낯선 공간에 도착한 나는…….

"우우…………. 속이 메스꺼워……."

"장하다, 장해. 아주 잘 참았네. 리타."

'전이 멀미'에 시달리고 있는 리타를 쓰다듬었다.

이곳은 '수수께끼의 던전' 입구.

발밑에는 『전이 마법진』이 있다.

주위에는 석벽이 세워져 있고 그 표면에는 거대한 벽화가 그려져 있었다. 검은 용이 그려져 있었다. 해룡도, 천룡도 아니다. 작은 날개와 아주 기다란 꼬리를 가진, 뿔이 4개 달린 용. 그 용이 갈색 피부를 지닌 인물(아마도 마족)과 엘프에게 보물 상자를 주는 장면이 벽 한 면에 펼쳐져 있다.

"이것이 성녀님이 말했던 '오래된 용'인가?"

이 세계에는 두 마리의 용이 있다.

첫 번째는 '해룡 케르카톨.' '항구도시 이르가파'의 수호신으로 이리스의 선조님이다.

두 번째는 '천룡 브란샤르카.' 거대한 몸집의, 모든 사람들의 수호신이었던 용이다. 아주 먼 옛날에 죽었고 지금은 알 상태로 잠들어 있다. 구체적으로 말하자면 내 팔에 채워져 있는 『천룡의 팔찌』 속에.

여기 벽에 그려져 있는 용은 해룡도, 천룡도 아니다.

우리가 모르는 제3의 용이다. '오래된 용'…… 가칭 '고룡'이라고 해둘까.

"즉, 여긴 '고룡'과 관련이 있는 시설이라는 건가."

"…………용? 고룡……?"

"리타 씨는 쉬고 있어요."

나와 세실은 나란히 서서 거대한 용이 그려진 벽화를 보고 있었다. 마족처럼 생긴 사람이 지팡이를 들고 있다. 『성장 노이엘트』다. 마족 확정인가?

나머지 엘프처럼 보이는 인물은…….

"고대 엘프겠죠."

"……그렇겠네요오."

"그런 존재가 있었군요."

"아이네도 옛날이야기로 들은 적이 있어."

이리스와 라필리아, 레티시아와 아이네도 흥미진진한가 보다.

아이네와 이리스는 이야기나 전설을 아주 좋아하고, 레티시아는 반쯤 모험가이며, 라필리아는 전설의 고대 엘프의 자손이라고 할 수 있는 존재이니까. 흥미가 생기겠지. 나도 그렇지만.

"…………음, 좋아. 가라앉았어."

리타가 고개를 척 들었다.

그러고는 방 문으로 다가가 귀를 쫑긋 기울였다.

"『기척 감지』 완료. 주변에 사람의 인기척은 느껴지질 않아."

"마력 쪽은…… 솔직히 이곳의 마력이 너무 강해서 잘 모르겠어요……."

세실이 미안해하며 고개를 숙였다.

"문에 함정은?"

"없는 것 같습니다.

"잠겨 있는 것 같지도 않아요오."

세실은 마력을, 라필리아는『기물 열화』스킬로 잠금 장치를 확인.

라필리아의『기물 열화』는 아이템의 능력을 저하시킨다. 물리적인 잠금 장치나 트랩 효과를 열화시킬 수가 있으니 이런 때 편리하다. 그리고……

"시로. 잠깐 일어나 봐."

〈흐뮤…… 우와와, 여긴 뭐야…….〉

내가『천룡의 팔찌』에 손을 대자 졸린 듯한 목소리가 들렸다.

〈으으음? 왠지 정겨운 느낌이 드는 것 같기도~. 흠흠…….〉

"뭔가가 느껴져?"

〈동족의 잔류 사념? 같은 목소리가 들리는 것 같기도~. 저기, 저기~.〉

『천룡의 팔찌』가 내 팔을 잡아당겼다.

내 손이 가리키고 있는 곳은 방 한쪽에 있는 문 앞.

그곳에…… 흐릿하긴 하지만…… 사람이 서 있는 게 보였다.

흑발 소녀다. 살결은 새하얀데 칠흑 같은 로브를 뒤집어쓰고 있다. 뾰족한 귀 뒤에 자그마한 뿔이 나 있다. 눈동자는 금색이다.

"여러분, 잠시 주목. 저기 문 앞에 소녀의 모습이 보이는 사람은 손을 들어줘."

"예."

"보이지 말입니다."

"있네요오."

"왠지 무섭게 느끼지는 사람이군요."

손을 든 사람은 세실, 이리스, 라필리아, 그리고 커틀러스.

마족, 해룡의 무녀, 고대 엘프, 왕가의 핏줄.

'천룡 브란샤르카'의 잔류 사념과 만났을 때와 동일하다.

〈미래를 위해…… '오래된 피'는 이곳에 유산을 남긴다.〉

흑발 소녀가 말했다.

〈언젠가 '힘', '기술', '지혜'를 겸비한 자가…… 시련을 극복하여…… 유산을 손에 넣기를 바란다.〉

소녀가 무릎을 굽히고서 고개를 숙였다.

이야기를 마치고서 같은 말을 처음부터 다시 반복했다.

고위 생명체는 이런 식으로 메시지를 남기기도 한다.

'천룡의 날개' 앞에 있던 잔류 사념이 '하얀 사람'이었으니 이쪽은 '검은 사람'이라고 할 수 있으려나. 그러나 그녀의 모습은 '오래된 피'와 왕가의 피를 가진 사람만이 볼 수가 있다. 다시 말해 용과 관련이 있을 가능성이 높다.

"나기, 방 탐색을 마쳤어."

"문은 4개. 하나는 외부와의 통로. 나머지 3개는 문자가 적혀 있었습니다."

"내용은 '힘의 시련', '기술의 시련', '지혜의 시련'이었어."

탐색을 했던 리타와 레티시아와 아이네가 돌아왔다.

보고를 마친 세 사람이 동시에 천장을 가리켰다. 그곳에도 문자가 적혀 있었다. '오래된 세 종족이 그러했듯이 인연을 드러내며 함께 클리어하라'……라고 적혀 있다. 다시 말해 이건…….

"문 너머에 있는 세 가지 시련을 모두 클리어하라……는 뜻인가."

역시 용과 마족과 고대 엘프의 유산. 초고난도다.

모두 클리어하라고 했으니 다 함께 도전해야만 한다. 그런데 문은 각기 다른 방향으로 이어진다. 다시 말해 분단된 상태로 도전해야만 한다는 뜻이다.

더 살펴보니 주의 사항도 적혀 있었다.

모두가 기브 업할 때까지 나갈 수가 없다.

기브 업을 선언하면 방출된다.

던전을 공격하면 기억이 소거되고, 강제로 전이되는 벌칙을 받는다.

무기로 벽이나 바닥에 타격을 입히는 것은 몇 차례까지 허용된다. 다만 공격 마법은 아웃. 지원 마법은 아슬아슬 허용…….

그 밖에도 다양한 규칙이 적혀 있었다.

"……지금까지와는 차원이 다르게 엄격하네."

더욱이 규칙을 어기면 기억이 사라져 어디론가 강제로 전이된다니…….

역시나 신화급 던전이다. 지금까지 겪었던 던전과는 격이 다르다.

애당초 도전자를 맞이하는 잔류 사념이 있는 것만으로도 이 던전이 얼마나 중요한지 알 수 있다. 벽과 바닥의 모양새 역시 다른 던전과는 다르다. 바닥이 옅게 빛나고 있고, 벽에 그려진 벽화 역시 미술관에 걸려 있더라도 손색이 없을 정도로 완성도가 높다. 벗겨내서 팔면 10년은 먹고 살 수 있겠지.

아마도 이곳은 라스트 던전이거나 마왕의 성을 앞두고서 직전에 거쳐 가는 던전이겠지.

"……우리가 이런 던전에 도전하게 됐네요."

레티시아가 떨리는 목소리로 말했다.

"아마도 여긴 상당한 하이 레벨 던전일 거야. 통로의 폭을 보니 나란히 지나갈 수 있는 건 3명이 한계. 안에 어떤 마물이 있을지 몰라. 그런데도 3조로 나뉘어 도전해야만 해. 서로 연락을 취할 수 있다면 어떻게든 헤쳐 나갈 수 있을지 모르겠지만……, 응? 어라?"

레티시아가 고개를 갸웃거렸다.

"나기 씨 일행한테는 『의식 공유』라는 스킬이 있었죠? 전투력도 『치트』 수준이라면 문제가………… 어라? 이제는 무엇이 위험하다는 건지 잘 모르겠군요…….."

"레티시아, 나 군의 파티에 점점 녹아들고 있어."

"말하지 말아요. 상식이 붕괴되고 있으니까……."

미안해, 레티시아.

"나기, 보고. 핀 짱이 언급했던 발자국을 확인했어."

리타가 손을 들었다.

"역시나 우리보다 먼저 온 사람들이 있는 것 같아. 아마도 한두 시간쯤 전에 말이야. 숫자는 6명. 종족은 알 수 없지만 로브를 질질 끈 자국이 있으니 아마 마법사가 있어."

"발자국이 어디서 왔는지 알 수 있겠어?"

"밖으로 통하는 문에서 왔어."

리타가 벽에 있는 문을 가리켰다.

"저쪽 문 밖에는 벼랑이 있지? 그 벼랑에서 지상으로 좁은 산길이 나 있어. 아마도 그쪽에서 온 것 같아."

"정공법으로 왔다는 말은 그쪽 루트 정보를 갖고 있는 사람들이라는 건가."

그렇다면 상대는 용사?

얽히고 싶지는 않지만…… 여기까지 온 이상 별 수 없나.

"최대한 신중히 나아가자. 모두들 조금만 더 주변을 살펴 줘."

우리는 한동안 나뉘어서 이 방을 조사했다.

알아낸 것은 세 가지.

모든 시련의 문은 동시에 열어야만 한다. 다른 두 문이 닫힌 상태에서는 문이 열리지 않는다.

문 너머에 나 있는 통로는 세 사람이 겨우 지나갈 수 있을 정도로 폭이 좁다.

또한 통로 끝에는 또 문이 있다. 그 문 너머에 무엇이 있는지 알 수 없다. 이상.

"가볼까."

나는 파티를 3조로 나누기로 했다.

힘의 시련 : 리타, 커틀러스, 라필리아
기술의 시련 : 아이네, 레티시아, 이리스
지혜의 시련 : 나, 세실(레기와 시로)

"『의식 공유 · 개량형』으로 상시 연락을 취할 것. 위험해지면 바로 기브 업 선언을 할 것. 알겠지? 무조건 따라야 해. 알았으면 대답."

"""""""""〈〈알겠어요!〉〉"""""""""

그리하여 우리는 '힘과 기술과 지혜의 시련'에 도전하게 되었다.

—힘의 시련(리타 · 커틀러스 · 라필리아 팀)—

문을 여니 그 너머에 석조 통로가 나왔다.

벽에는 기묘한 문장이 그려져 있고 희미하게 빛나고 있었다.

"벽 표면에 마력이 흐르고 있는 것 같아요오."

"리타 공의 『건축물 강타』라면 부술 수 있지 않겠습니까?"

"무리야. 게다가 맨손으로 공격하더라도 패널티를 받을지도 모르잖아."

라필리아, 커틀러스, 리타는 주의하면서 통로를 나아갔다.

리타는 아까 봤던 발자국을 떠올렸다.

핀이 말한 대로 찍힌 지 얼마 되지 않은 것이었다.

그렇다면 다른 사람이 이 미궁에 들어와 있다. 더욱이 밖으로 나간 흔적은 없었다.

그자들은 아직 이 근처에 있을 것이다.

"둘 다 조심해. 미궁에 우리 말고도 다른 누군가가 있을 거야."

"그런가요오?"

"발견하면 알려줘. 바로 『의식 공유 · 개량형』으로 나기한테 전할 테니까."

"알겠습니다아. 그럼 전해 주세요. 남성 둘, 벽 너머 감옥에 있습니다요, 하고."

""……어?""

리타와 커틀러스가 멈춰 섰다.

라필리아가 통로 벽을 가리키고 있었다.

벽을 보니 일부 투명해진 부분이 있었다. 너무 의외라서 알아차리지 못했다. 딱 그 지점만 손잡이도, 열쇠 구멍도 없는 문처럼 되어 있었다. 문 너머에는 작은 방이 있고, 모험가로 보이는 두 남성이 웅크리고 있었다.

"…………용사님. 얼른 포기해 주십시오오."

"…………도전자 전원이 포기하지 않으면 이 미궁에서 나갈 수가 없으니까요."

"…………기억을 잃으면 뭐 어떻습니까. 마왕 따윈 포기합시다아…….."

남성들은 다른 사람이 온 것을 알아차리지 못했다. 맞은편에 있는 리타 일행이 보이지 않는가 보다.

〈송신자 : 리타(수신자 : 주인님)

본문 : 먼저 들어온 사람이 있었습니다! 용사라는 사람과 함께 여기에 온 것 같아. 도전자 전원이 '기브 업?' 하지 않으면 미궁에 계속 갇혀 있어야 하는 것 같아.〉

〈송신자 : 나기(수신자 : 리타)

본문 : '기술의 던전'을 도전하고 있는 이리스한테서 연락이 왔어. 그 사람들은 산 쪽에서 왔대. 우리가 사용했던 포탈은 도전자를 쫓아내기 위해 만들어진 게 아닌가 싶어.〉

나기가 답장을 보냈다.

리타가 내용을 짧게 전했다.

"저 사람들은 공략을 포기하든가, 아니면 우리가 던전을 공략하면 해방될 거야."

"그럼 안심이네요."

"이 분들을 위해서라도 속히 공략하지 말입니다!"

"""……오~."""

리타와 커틀러스와 라필리아가 얼굴을 가까이 모으고서 다 함께 나직이 외쳤다.

통로 끝을 향해 다시 걸어 나갔다.

막다른 곳에는 어떤 글자가 적혀 있는 문이 있었다. 스크린샷을 보내니 세실이 정보를 보내줬다. 고대어로 '힘의 시련'이라고 적혀 있단다.

그렇다면 이곳은 틀림없이 마족과 관련이 있는 미궁이다.

"그렇다면 우린 유산을 손에 넣기만 하면 되지 말입니다!"

"언젠가 태어날 세실 님과 리타 님의 자손을 위해서이기도 하죠오!"

"커틀러스 쨩! 라필리아 쨩! 대체 왜 내 자식 이야기가 나오는 거니?!"

""글쎄~.""

라필리아와 커틀러스가 키득키득 웃었다. 리타는 허둥지둥 당황했다.

세 사람이 문을 열고서 그 안으로 나아가니······.

넓은 방이 있었다.

중앙에 커다랗고 네모난 돌이 놓여 있다.

돌은 리타의 키보다 조금 크다. 주변 바닥에 사각형으로 선이 그려져 있다.

"""······뭐야, 이게."""

〈잘 왔다. 도전자여. 나는 이 미궁의 관리자다.〉

목소리가 들렸다.

〈힘의 미궁이 내리는 시련은 그 돌을 움직이는 것이다. 바닥에 그려진 선까지 옮기기만 하면 된다.〉

"커다란 돌이지 말입니다."
"장차 영웅이 될 제게는 별 거 아닌 상대예요오."

〈단 그 돌에는 마법이 걸려 있다. 현재 방에 있는 인원들이 지닌 힘의 2배를 가하지 않는 한 움직이지 않도록 되어 있다.〉

"""……하아?"""

〈건투를 빌겠다.〉

목소리가 끊어지더니…….

〈도전자 인원수를 확인. 여성 3명. 그에 맞춰 무게를 변경합니다.〉

어쩐지 사무적으로 들리는 목소리를 끝으로 소리가 완전히 사라졌다.

"이걸 움직이면 되지 말입니다."
돌의 폭은 팔을 활짝 벌린 정도다. 벽과 비슷한 재질로 되어 있고, 표면에는 마력이 흐르는 선이 나 있다.

"이건 마법의 돌이에요오. 내부 마력을 조정하여 무게를 바꾸는 거예요오."

"일단 다 함께 밀어 보자."

"그러지 말입니다."

"""하나 둘 셋~."""

……그러나 돌은 꿈쩍도 하지 않았다!

"……나기한테 물어볼까."

리타가 나기에게 메시지를 보내자 바로 답장을 왔다.

엄청 빠르다. 그보다도 해결법이 적혀 있다?! 너무 빠른 거 아냐?

새삼스럽긴 하지만, 주인님은 대체 예전 세계에서 뭘 하며 살아왔던 거야?!

"작전을 말해 줄게. 다들 좀 와봐."

"예에."

"알겠지 말입니다."

쑥덕쑥덕쑥덕쑥덕.

리타와 라필리아와 커틀러스가 얼굴들을 가까이 대고서 작전 회의를 벌였다.

그리고…….

"그럼 전 잠깐 쉬고 올게요오. 결코 '기브 업'한 게 아니에요~."

라필리아가 출구로 향했다.

문을 열고 통로로 발을 내딛었다. 그러자⋯⋯.

〈도전자의 인원수를 확인. 여성 2명. 그에 맞춰 무게를 변경합니다.〉

음성이 흘러나오더니 돌 표면에 난 선을 타고서 마력을 흘렸다.
"어이쿠, 생각이 바뀌었어요오. 역시나 열심히 해야겠어요오."
라필리아가 방으로 돌아왔다.

〈도전자의 인원수를 확인. 여성 3명. 그에 맞춰 무게를 변경합니다.〉

"아니, 아니, 이쯤에서 머리를 식히는 편이⋯⋯."
라필리아가 통로로 향해 발을 내디뎠다.
또다시 메시지가 흘러나왔다.

〈도전자의 인원수를 확인⋯⋯.〉

"바로 지금이에요오! 리타 님, 커틀러스 니임!!"
"발동! 『분신 공격(익스텐드 아미)』!!"
"나오는 겁니다, 핀!!"
〈잘 알겠어요——!〉
리타가 4명이 되었고, 커틀러스는 2명이 되었다.

〈도 전 자 의——인 원 수——여 성——인 원 수——■ ■ ■
■ !!?!??〉

미궁의 시스템에 버그가 일어났다.

""""""〈해냈다———!!!〉""""""

슈~웅!!

리타와 리타와 리타와 리타와 커틀러스와 핀.
6인분의 힘에 밀리기 시작한 돌이 싱겁게 선 밖으로 옮겨졌다.
"예에!"
"끝이지 말입니다!"
〈불만 없죠?!〉
"없는 거죠오?"
짝, 짝짜~악!
한 사람으로 되돌아간 리타, 커틀러스, 핀, 라필리아가 손을
마주쳤다.
이윽고…….

딩동딩~동.

〈'힘의 시련'을 클리어했습니다. 최종 통로 봉인을 해제합니다. 다른 시련이 클리어되면 문이 열립니다. 어서 앞으로 나아가십시오.〉

찌억.

넓은 방의 안쪽 벽이 열리더니 새로운 통로가 나타났다.

─기술의 시련(아이네ㆍ레티시아ㆍ이리스 팀)─

〈기술의 미궁의 시련은 문자 그대로 기술을 보여야 한다. 너희들을 잡으러 오는 마물을 상처 입히지 않고 무력화시켜라⋯⋯.〉

아이네와 레티시아와 이리스 앞에 있는 땅이 흔들렸다.
검은 얼룩 같은 게 퍼져 나가더니 그것이 서서히 부풀어 올랐다.
인간과 꼭 닮은 검은 실루엣이 나타났다.
마력으로 조종하는 인간형 꼭두각시였다.

'인간형 퍼핏.'
인간과 똑같은 모습으로 변형된 액상 생물. '엘더 슬라임'의 상위종일 가능성이 있음.
신체 겉면이 밋밋하고 손과 다리를 길게 뻗을 수 있다. 숫자는 3마리.

한번 붙잡히면 도망치기가 대단히 어렵다.

"첫 대면이군요. 그럼 전력으로 인사해야겠지요. 발동『강제
예절(매너 기아스) LV1』. 안녕하세요, 레티시아 미르페입니다아
아아아앗!!"

레티시아가 고개를 깊이 숙이며 인사했다.

'인간형 퍼핏'도 인사를 했다.

"억지로 움직일 거 없어. 푹 쉬도록 해. 발동『기억 청소 LV1』
이야."

아이네는 '강철 대걸레' 끝으로 퍼핏들의 얼굴을 문댔다.

'인간형 퍼핏' 2마리가 스턴에 걸렸다.

"자, 이리스가 달아날 수 있도록 해주지요. 이리스의 본체가
어느 것인지 알겠습니까? 발동『환영 무대(스테이지 오브 이메
이징)』."

이리스와 레티시아와 아이네가 모두 합쳐서 12명으로 불어
났다.

〈에…… 에? 에에엣?〉

"자, 당신도 쉬도록 해."

그 틈에 아이네의 '강철 대걸레'가 '인간형 퍼핏'의 얼굴을 문
댔는데…….

촤악.

인간형 퍼핏들이 액체로 되돌아가 잠에 들었다.

⟨……………….⟩

"클리어했어."

"상처는 입히지 않았는데 뭐 문제라도?"

"무력화된 거 맞죠?"

⟨……………….⟩

딩동딩~동.

⟨'기술의 시련'을 클리어했습니다. 최종 통로 봉인을 해제합니다. 다른 시련이 클리어되면 문이 열립니다. 어서 앞으로 나아가십시오.⟩

쩌억.

널찍한 방의 안쪽 벽이 열리더니 새로운 통로가 나타났다.

""""작전 성공(이에요)(이야)(이네요).""""

짜~악.

세 사람은 손을 마주쳤다.

"나 군의 작전이 적중했어."

"진짜, 이런 게 특기군요, 나기 씨."

"오빠한테 이런 게임으로 도전하는 건 자살행위죠."

아이네와 레티시아와 이리스가 새로운 통로로 나아갔다.

"이제는 오빠의 '지혜의 미궁'만 남았나요?"

"믿을 수밖에 없겠군요."

"저쪽에는 이 미궁과는 다른 문제가 있어."

소녀들은 나기가 들어간 문이 있는 방향을 봤다.

벽 너머로는 갈 수가 없다. 통로를 따라 되돌아가는 것 역시 '기브 업' 선언이 될지도 모르니 참으라고 나기가 당부했다. 그래도…….

"나 군이라면 이길 수 있어."

아이네가 메이드복 가슴팍에 손을 댔다.

"아는 사이라는 '내방자' 따위한테 질 리가, 없어."

"물론이죠!"

"……가도록 해요. 아이네, 이리스 씨."

세 사람은 손을 맞잡으며 숨겨진 통로 끝으로 향했다.

—지혜의 시련(나기 · 세실 · 레기 · 시로 팀)—

통로 안쪽에 사람이 있었다.

리타와 이리스가 말했었지? '먼저 들어갔던 사람들이 미궁에 갇혀 있다. 파티원 모두가 기브 업할 때까지 그대로 있어야한다'고.

그렇다면 눈앞에 있는 저 사람은 그 파티의, 포기를 모르는 리더란 말인가?

"다른 모험가의 침입을 허락한 기억은 없는데."

'지혜의 시련' 안쪽 방에 있던 순백의 전사가 나에게 말했다.

하얀 갑옷에 하얀 투구. 검과 방패까지 모두 새하얗다.

투구 밖으로 삐져나온 머리카락만이 새카맸다. 나와 똑같이.

"이 미궁은 우리 '하얀 길드'가 탐색하고 있어."

순백의 전사가 말했다.

"감히 방해를 하다니……. 어째서 이런 짓을 하는 거야. 너희들 '어둠에 떨어진 용사'는."

"'어둠에 떨어진 용사'?"

"진정 우린 싸우는 것밖에 모르는 건가? 분쟁이 없는 세계는 피를 흘리지 않고는 손에 넣을 수 없는 건가? 좋아. 정 그렇다면 이 '백기사'가 너희들을 상대……."

"예나 지금이나 남의 이야기는 전혀 안 듣는구만. 으음…… 야마조에라고 했던가?"

흠칫.

하얀 전사가 반응했다.

나를 향해 쳐들었던 검을 내리고서 이쪽을 물끄러미 쳐다봤다.

"넌…… 누구야? 으음, 이름이…….."

"잠깐 스치고 지나간 사이야."

눈앞에 있는 사람은 나와 함께 이 세계로 전이해 온 녀석이다.

이름은 야마조에. 내가 다녔던 학교의 학생회장이었던 듯하다.

나는 이 세계로 전이하자마자 왕의 요청에 토를 단 바람에 왕궁 밖으로 쫓겨났다. 그때 나를 만류하려고 했던 사람이 야마조에였다.

용사가 되고 싶다면서도 왕궁 복도에서 '스킬을 사용하면 이 나라의 군대를 제압할 수 있다' 같은 말을 내뱉을 정도로 조심성이 없었다. 내가 절대로 얽히고 싶지 않았던 상대다.

(……세실은 거기 있어.)

나는 통로에 있는 세실에게 눈짓을 보냈다. 그대로 숨어 있으라고.

야마조에가 어떤 스킬을 구사할지 알 수가 없다. 경계하는 편이 낫다.

"떠올랐다! 국왕 폐하께 무례한 언사를 내뱉다가 쫓겨났던 녀석이구나!"

야마조에가 손뼉을 짝 쳤다.

그러고 나서 아니꼽게 이마에 손을 대고는…….

"……불쌍하군. 나와 함께 소환된 인간이 '하얀 길드'에 들어가지도 못하고 이리저리 헤매다가 여기에 와서 용사의 영광을 그저 지켜봐야만 하다니."

역시 '하얀 길드'는 이 미궁에도 사람을 보냈던 건가.

'하얀 길드'란 귀족에게 용사를 파견하는 조직으로, 왕가와도 깊은 연관이 있다.

그 리더는 '길드 마스터'. 배후에서 용사를 조종하는 수수께끼의 존재다.

그러나 요전에 만났던 타키모토가 말했다. '길드 마스터'는 용이라고.

그러니 이곳이 용과 관련이 있는 던전이기에 '하얀 길드'의 용사가 있는 것이겠지.

아직 시련을 클리어하지 못한 듯한데.

"오랜만이네, 야마조에. 왕궁에서 헤어진 뒤로 처음이지."

"그래, 난 널 기억하고 있어. 용사가 되지 못한 녀석이지. 하지만 아직 써먹을 구석은 있어."

야마조에가 웃었다.

"마침 잘 됐다. 지금 당장 내 부하가 돼라!!"

……또 그 소리냐~.

타키모토도 똑같은 소리를 했었지. 어째서 용사는 하나같이 '내방자'를 부하로 삼으려고 하는 거지?

"이 세계의 녀석들이랑 던전에 왔는데 순 무능한 녀석들뿐이더라. 네가 혼자 이곳을 헤매고 있으니 아주 잘 됐어. 내 부하가 돼. 국왕 폐하께는 내가 잘 말해줄게."

"……이제 와 국왕의 수하가 될 생각은 없어."

"여기까지 왔을 정도이니 나름 능력이 있겠지?"

야마조에가 웃었다.

이곳과는 전혀 어울리지 않는, 시원스런 웃음이다.

"난 이 던전의 수수께끼를 풀 수 있는 자를 찾고 있어."

야마조에가 쿵, 하고 발을 굴렀다.

금속이 맞부딪치는 소리가 들렸다.

이 공간의 바닥에는 무수히 많은 열쇠들이 흩어져 있다.

철제 열쇠, 금색 열쇠, 은색 열쇠. 모두 몇 개인지 헤아릴 수 도 없을 지경이다.

아까 전부터 이 널찍한 방에는 나와 야마조에의 것이 아닌 목소리가 울리고 있었다.

〈지혜의 미궁의 시련은 안쪽 문을 여는 것이다. 기회는 딱 한 번. 정해진 열쇠를 손에 넣고서 안쪽 문을 지나라.〉

"……아까부터 난 열쇠를 셀 수 없이 주워서 열쇠 구멍에 꽂 아 넣어봤지."

"그런데 돌아가지 않았다?"

"그래. 무능한 파티원들은 모두 포기해 버렸어."

그렇겠네.

이 방과 이어진 통로에도 감옥이 있었다. 그곳에 모험가들이 갇혀 있었다.

"이쪽 세계의 녀석들은 글러먹었어. 같은 세계 출신의 용사가 아니면 안 되겠어. 그래서 난 '용사만의 커뮤니티'를 만들어 여러 용사들과 함께 퀘스트를 수행해야 마땅하다고 생각해. 넌 어떻게 생각하지?"

"내게 물어서 뭘 어쩌자고? 왕한테나 말해."

"너도 소환된 사람이잖아?"

"이제 난 왕과는 관계가 없어. 얘기를 들어줄 리가 없잖아."

"그렇다면 내가 잘 중재해 줄게. 한때 추방당했던 녀석이 국왕 폐하께 꼭 하고 싶은 얘기가 있답니다, 하고 말이야. 그때 네가 『용사 커뮤니티』 이야기를 꺼내면 돼."

"어째서 내가 그 말을 해야 하는 건데?"

"나쁘지 않은 거래잖아? 그 대신에 국왕 폐하께 네 이야기를 잘 해줄 테니까."

"필요 없네요."

"고집을 부리는군. 너도 후회되지? 왕궁에서 쫓겨난 걸."

전혀.

그것을 후회해본 적이 없는데 말이야.

"……왕이 용사들을 한데 뭉쳐놓을 리가 없어."

소환된 용사는 이 세계의 사람에게는 없는 특수한 스킬을 갖고 있다.

그 용사들끼리 협력한다면 이 세계의 인간들을 압도할 수도 있다. 이 세계에 왔을 때 야마조에 본인이 그렇게 말했다. 이 나라의 높으신 양반이 그 사실을 모를 리가 없다.

그래서 '하얀 길드'에게 용사 관리를 맡긴 것이다.

야마조에가 『용사 커뮤니티』를 제안하더라도 들어줄 리가 없다.

……그렇게 말했더니.

"오호~. 그래? 흐~응."

"여전히 남의 이야기는 귓등으로도 안 듣네."

나는 말했다.

"그래서 난 너랑 한패가 되지 않았던 거야, 야마조에."

"아아앙? 길드에서 내게 중요한 일을 맡겼는데? 이 유능한 내게 무슨 문제라도?"

"남의 이야기를 듣지 않아. 그런데 자기보다 높은 사람의 말은 의심하지 않고 서슴없이 믿지. 스스로 아무것도 생각하질 않아. 애당초 야마조에, 넌 이 던전을 공략해야 하는 의미를 알고 있어?"

"알고 있고말고. 난 용사가 돼서……."

"그 다음에는?"

"성과를 올리는 게 우선이야. 던전을 클리어하고 나서……."

"그러면 안 되지. 윗사람한테 확실히 물어봐. 의문이 들거나 요구 사항이 생기면 말해. 들어주지 않는다면 다른 방법을 생각하라고."

"생각하고 있어. 상황을 개선시키기 위해서 말이야. 난 길드의 매뉴얼 작성 작업을 도운 적도 있으니까."

"……매뉴얼 작성?"

"그래. 윗사람이 나를 관찰하여 제작한 매뉴얼이야. 내가 워낙 우수해야 말이지. 수면시간을 아껴가면서까지 성과를 올리기 위해 노력하고 있으니까."

……그런가.

그 '전 현자 고블린'이 언급했던 매뉴얼이란 야마조에를 견본 삼아 제작했던 건가.

……권위를 내세우면 모두들 분위기를 읽고서 움직여 준다. 의문을 느끼는 녀석이야말로 이상하다, 였던가?

"……정말로 이상하다는 생각은 안 드는 거냐? 야마조에."

"아무것도 모르는 건 오히려 너야. 내가 아무런 평가도 받지 못했을 것 같냐?"

야마조에가 가슴을 활짝 폈다.

"왜냐면 윗사람이 오직 내게만 특별한 보수를 약속했거든."

"보수?"

"그래. 이 퀘스트를 클리어하면 난 노예를 받을 수 있어."

"…………오호~."

"혼자서 헤매고 다니는 넌 모를지도 모르겠지만, 이 세계에는 노예라는 게 있어. 내게 절대 복종하는 존재지. 내가 이 퀘스트를 클리어하면 그런 노예를 받을 수 있단 말이지. 어때, 부럽지?"

"절대 복종하는 존재는 필요 없어."

"뭐야?!"

"응, 필요 없어. 그럼 내가 사악한 고용주가 되고 말테니까."

"아니, 잠깐, 잠깐. 여긴 이세계라고. 정체 모를 인간과 아인 종이 사는 나라라고?!"

"단지 사는 세계가 다를 뿐 나와는 관계없어."

"이상하잖아! 이 세계에서 신용할 수 있는 사람은 우리를 볼

러낸 국왕 폐하와 고용주인 '길드 마스터'뿐이야. 이세계 인간은 정식으로 교육조차 받지 않았어. 무슨 생각을 하는지 알 수 없다고. 그런 사람들을 어떻게 신용할 수 있지?!"

"……그건 아마도 내가 행복해서 그런 게 아닐까?"

나는 세실 쪽을 힐끔 봤다.

통로에 숨어 있던 세실이 고개를 작게 끄덕였다.

준비를 다 마친 모양이다.

"시, 실례하겠습니다……."

세실이 다다닷 다가왔다.

그대로 내 옆에 서더니 작은 손으로 내 손을 쥐었다.

"모, 목걸이?! 어, 어, 어떻게 네가 노예를?!"

"노예가 아냐. 아내야."

"하아?!"

"주종계약을 맺긴 했지만, 이 아이는 틀림없는 내 아내야."

"…………아, 예. 주인님의 말씀대로예요."

세실이 내 손을 꼬옥 쥐고서 고개를 끄덕였다.

"지, 지금 전 주인님의 아내입니다. 몸도, 마음도 모두 아내예요! 제, 제가 이 세계의 사람이라서 이세계인인 주인님의 성에 차지 않는 부분은…… 그, 그건 이 몸으로 갈고닦고 있는 중이에요!!"

아니, 거기까지 말할 필요는!

"무, 물론 제가 주인님의 유일한 아내인 건 아닙니다. 다른 아내와 비교해…… 전, 작으니…… 주인님을 만족시킬 수 없을지도 모릅니다. 아뇨…… 오히려 전 주인님한테서 '행복'을 받기만 하고 있어요. 탱글탱글 보들보들한 아내, 가슴이 커서 포용력도 넓은 아내, 엘프 아내, 고귀한 혈통을 지닌 아내들을 보며 늘 열 등감을 느끼고 있습니다. 그래도!"

세실이 가슴에 손을 대고서 목소리를 높였다.

"제 모든 걸 주인님께 바치기로 결심했습니다! 이 목숨도, 이 몸도…… 그리고 제 모든 걸 걸고서 주인님의 아이도 낳을 거예 요! 이 세계에 주인님의 피를 남길 겁니다! 그게 다른 세계에서 태어난 절 믿어 주시는 주인님을 향해 보답하는 길이니까……."

"아, 아, 아아아아아아아아?"

아, 야마조에가 부들부들 떨기 시작했다.

"어, 어째서 너 같은 게 노예를 손에 넣은 거냐?!"

"아니, 누차 말하겠는데 저 아이는 내 아내……."

"그딴 건 아무래도 상관없어!"

야마조에가 검을 뽑았다.

"이렇게 무진장 애쓰고 있는 난 아직껏 노예를 손에 넣지 못 했는데 어째서 너 따위가 손에 넣은 거냐?! 이상하잖아?!"

"……그걸 나한테 물어본들 뭘 어쩌라고."

왠지 말이야~. 달라진 게 없네, 야마조에.

"그런 건 고용주한테 따져야 하는 거 아냐?"

"……시, 시끄러워! 그런 무례한 말을 어떻게 할 수 있겠냐!!"

"애당초 왜 내게 검을 겨누는 거냐? 야마조에, 넌 이 던전을 공략하는 게 목적이지? 날 쓰러뜨려 봤자 소용없잖아?"

이 '던전'은 세 가지 시련을 모두 클리어해야만 한다.

다른 시련에 도전했던 야마조에의 동료들은 모두 포기했다. 지금은 클리어하는 게 불가능하다. 그러니 야마조에도 기브 업을 선언하는 편이 나을 텐데.

"……널 쓰러뜨리면 변명거리가 생기잖냐?"

"야, 인마."

"난 마지막까지 애썼다. 그러나 '어둠에 떨어진 용사'가 방해했다. 그래도 난 도중에 포기해 버린 녀석보다 5배쯤 애썼다. 그렇게 해명하면 '길드 마스터'도 납득해 줄 거다!!"

야마조에의 오른팔에서 갑자기 빛이 뿜어졌다.

야마조에의 발밑에 마법진이 생겨났다. 빛이 더 강해지면서 넓어져 간다.

이런, 광범위 스킬인가?!

"—세실!"

"예. 『이중 영창(더블 캐스트)』를 마쳤어요! '타력의——'"

"늦어! 내 스킬이 이미 공간을 지배하고 있어!!"

바싹, 하고 공기가 말라버린 듯한 소리가 났다.

마법진에서 뿜어내는 빛이 나와 세실을 비췄다.

세실이 순간 멈췄다. 녀석의 스킬이 무엇인지 모르겠다. 가령 마법 간섭계 스킬이라면 세실의 마법이 폭발할 가능성이 있다. 이미 우리에게 영향을 끼치고 있다면 시로의 『반사의 소용돌이(리플렉션 마엘스트롬)』도 통하지 않는다.

빛의 속도로 영향을 미치는 스킬……, 대체 어떤 효과를…….

"내 스킬은 『능력 위계 저하(스킬 다운)』!! 모든 스킬의 레벨을 한동안 1로 낮춘다!!"

"".............어.""

나는 내 자신과 세실의 스킬을 확인했다.

응…… 전부 1이 돼 버렸네.

치트 스킬은 애당초 1이긴 하지만.

"후하하하하하하하! 이것이 내가 최강의 용사가 된 이유다."

응. 그렇겠네.

상대의 스킬 레벨이 1로 떨어지면 상대적으로 더 강해지는 거니까.

"최속 종족인 수인조차 이 스킬 앞에서는 아무것도 못했어. 그들은 『도주』 스킬을 구사하려고 했지만 레벨1로 떨어진 바람에 어쩌질 못하더라. 당황들 하는 꼬락서니란."

"……수인들이?"

잠깐만.

그거 혹시…….

"숲에 사는 수인들 말이야? 설마 죽였냐?!"

"설마. 용사가 하등한 아인을 죽일 리가 없잖아. 마법으로 무력화했을 뿐이야. 이 세계의 생물은 용사를 당해낼 수 없음을 똑똑히 알려줘야 하니까."

다행이다. 모두 무사한가.

"이제 너도 알겠지? 모든 스킬을 레벨1로 만들어 버리는 이 스킬의 무서움을. 그리고 이 스킬은 내게는 영향을 끼치지 않

아. 그리고 난 마법의 검과 갑옷을 갖고 있지. 다시 말해 제아무리 검술의 달인일지라도 날 쓰러뜨리는 수는……."

"세실, 쏴."

"예. '고대어 마법, 타력의 화살'."

슈웅.

거대한 검은 화살이 야마조에를 꿰뚫었다.

"──아아? 안 통한다고 말했을 텐……."

철컹.

이음새가 끊어진 마법의 갑옷이 바닥에 떨어졌다.

반짝반짝 빛나던 순백의 검이 스으으, 하고 빛을 잃었다.

"……어, 어라? 이거…… 왜 이러는 거야……."

"레기. 나설 차례야."

〈음! 이미 사역마를 녀석의 등 뒤로 보내놨어! 발동 『액상 생물 지배(슬라임 브링거) LV1』!!〉

철퍽.

파란색 슬라임이 야마조에의 얼굴에 달라붙었다.

"이, 이게 뭐야?! 커헉, 커허~헉!!"

이 역시 비장의 패 중 하나다.

우리 팀은 인원이 적다. 그래서 레기, 시로, 그리고 라필리아의 사역마인 엘더 슬라임에게 도움을 받기로 했다.

이 널찍한 방의 바닥에는 열쇠가 대량으로 떨어져 있다.

슬라임이 그 바닥을 기어다니고 있었는데도 야마조에는 알아차리지 못한 모양이다.

"용사가 이 세계의 인간한테 민폐를 끼쳐서야 되겠어."

나 참.

스킬은 마왕이나 적대하는 마물에게만 써야지.

"이제 기브 업하는 게 어때? 동료들도 네가 돌아오기만을 기다리고 있으니까."

"……커헉! 상, 상관없……! 이 세계의 일반인 따……윈. 커허헉!"

"그래? 그럼 좋아."

나와 세실 둘이서 이 퀘스트를 재빨리 클리어하도록 하자.

일단 야마조에의 무장을 해제하고서 팔과 다리만 묶어두고.

"이리 오렴, 엘더 슬라임."

〈오너라!〉

물컹물컹. 몰컹.

파란색 슬라임이 야마조에에게서 떨어져 우리 곁으로 다가왔다.

"시련을 클리어하는 조건은 '정해진 열쇠를 손에 넣고서 안쪽 문을 지나라'였지."

"그렇죠."

나와 세실은 벽에 있는 문을 쳐다봤다.

커다란 쌍여닫이문에 팔각형 문장이 그려져 있다.

"열쇠에도 다양한 형태의 문장이 그려져 있네요."

세실이 땅바닥에서 열쇠를 주웠다.

그 열쇠에는 삼각형 문장이 그려져 있었다. 다른 열쇠에는 동그라미나 사각형, 가위표 문장 등이 그려져 있다.

같은 문장이 그려져 있는 열쇠는 딱 한 개가 아니었다. 비슷하게 생긴 열쇠들이 바닥에 잔뜩 널려 있다. 하나씩 시도하려면 시간이 걸릴 듯하다.

"역시 저 문장이 문을 여는 힌트인 걸까요?"

"그렇겠지. 일단 시도해 보자."

"……너 같은 게 이 시련을 클리어할 수 있을 성싶으냐?"

야마조에가 말했다.

"이미 같은 문장이 그려진 열쇠를 열쇠 구멍에 여러 번이나 꽂아봤어. 하지만 전혀 돌아가질 않아!"

"그랬어?"

"이 미궁을 만든 자는 어지간히도 짓궂은 것 같더군!"

그런가?

클리어 조건을 잘 들어 보면 알 수 있을 텐데.

내가 만든 게임에서는 클리어 조건이 더 까다롭거든. 그에 비해서는 친절한 것 같은데.

"레기. '엘더 슬라임'이 열쇠를 확실히 회수했지?"

〈물론이다. 문에 그려진 문장과 동일한 열쇠를 모조리 체내에 넣어두고 있다!〉

"역시 레기 씨예요."

나와 세실은 손을 잡고서 문으로 향했다.

빈손으로는 '팔각형 문장이 그려진 열쇠를 모조리 체내에 넣어 둔 슬라임'을 안고서.

안내음에서 '정해진 열쇠를 손에 넣고서'라고 했었지?

나와 세실은 '문에 그려진 문장과 동일한 열쇠를 체내에 넣어 둔 슬라임'을 '손에 넣은 상태'다.

문제없겠네.

"바, 바보 아냐?! 동일한 문장이 그려진 열쇠는 내가 모조리 시도해 봤어. 하지만 열쇠 구멍에 아무리 꽂아 봐도 돌아가질 않았어! 너희들은 학습 능력이 없는 거냐?!"

"간다, 세실."

"예. 나기 님."

〈좋았어~.〉

〈말캉말캉〉

""〈〈하나 둘 셋~.〉〉"""

슈웅.

우리는 '정해진 열쇠'를 손에 넣고서 문을 그대로 지났다.

"하아아아아아아아아아아아악!?!"

시끄럽네, 야마조에.

방에 들어왔을 때 설명을 들었잖아?

'정해진 열쇠를 손에 넣고서 안쪽 문을 통과하라'.

안내음은 열쇠로 문을 열라고 하지 않았다.

딩동딩동~.

〈'지혜의 시련'을 클리어했습니다. 최종 통로의 봉인을 해제합니다. 마지막 문이 열렸습니다.

드디어 왔구나. 우리의 유산을 맡기에 모자람 없는 자여…….〉

목소리가 들렸다.

잠시 뒤 쾅, 하는 소리와 함께 저 너머에 있는 거대한 문이 열렸다.

틈새에서 빛이 새어나오고 있다.

어슴푸레 밝고 부드러운 빛이었다.

〈지룡(地龍)의 던전——은 그 역할을 마쳤다.〉

또다시 목소리가 들렸다.

〈고생했다, 용기 있는 도전자들이여. 너희들은 인간 세계로 전이시키마. 실패의 기억을 잊어버리고…… 평안하게 살아가길.〉

"……시, 싫어. 난 실패하지 않았어. 안 돼, 안 돼, 안 돼애애애애애……."

야마조에가 외쳤다.

"이 퀘스트를 클리어하면 노예를 받을 수 있어. 마왕과 만날 수 있어! 이 세계에 진정한 마왕이 출현한다고! 그 녀석을 쓰러뜨리고 난 전설의 용사가 될 거야!"

"이 세계에 진정한 마왕이…… 출현한다?"

"용사와 마왕이 대적하는 것이 이 세계의 룰! 퀘스트에 실패하면…… 평가가…… 싫어. 다른 용사들이 날 깔보는 건 싫어어어어어어!"

야마조에의 목소리가 차츰 작아지다가 사라졌다.

그리하여 안쪽 문을 지난 나와 세실은 무사히 일행들과 합류하여…….

천장이 아주 높은 방에서 거대한 결정체를 발견했다.

제14화 「우리 아이의 탄생과 다음 아이의 소식」

"고생했어, 모두들."

"고생하셨습니다. 나기 님."

"주인님과 우리한테는 별것도 아닌걸."

"여유로웠어."

"신화급 미궁을 쉽사리 클리어해 버렸어……. 나…… 평범한
모험가로 돌아갈 수 있는 거야……?"

"자자, 레티시아 님. 익숙해지면 이 생활도 좋아요오."

"하이 레벨 미궁은 오빠의 특기 분야잖아요."

"저도 도움이 된 듯해서 다행이지 말입니다!"

세실, 리타, 아이네, 레티시아, 라필리아, 이리스, 커틀러스,
모두들 활기가 넘치는 듯했다. 다행이다. 하이 레벨 미궁이라서
모두들 버거워하지 않을지 걱정했는데.

우리가 있는 곳은 '수수께끼의 던전'의 최심부.

원통형 방의 천장에 커다란 그림이 그려져 있다.

검은 용, 그 옆에는 갈색 피부를 지닌 엘프…… 아니, 마족인
가? 그 반대쪽에는 있는 건 아마도 고대 엘프겠지. 먼 옛날 번
성했지만 현재는 명맥이 거의 끊어진 종족의 벽화인가?

왠지 역사가 느껴지네.

"그래서…… 저게 이 던전의 보물인가?"

"예, 아주 맑은 마력이 느껴집니다."

내 옆에서 세실이 말했다.

방 중앙에는 석조 대좌가 놓여 있고, 그 위에는 결정체가 있다. 오렌지빛을 희미하게 발하고 있다. 크기는 사람만한 것 같다.

가지고 돌아가기가 힘들 것 같네.

더욱이 접촉해도 되는지 사전에 확인해두는 편이 낫겠네.

"이 미궁의 시스템한테 물어볼게. 우리가 이걸 가지고 돌아가도 될까?"

반응 없음.

곤란하네.

"우린 미궁을 클리어했어. 그렇다면 저 결정체는 우리의 것이라고 봐도 되는 거지?"

이것도 반응이 없나?

별수 없다. 우리의 카드를 보이도록 하자.

나는 세실의 손을 쥐었다.

"이리스랑 라필리아도 이쪽으로 와."

"예, 오빠."

"예에."

이리스가 내 앞으로 왔다. 자그마한 몸을 내 몸에 기댔다.

빈손으로 라필리아의 손을 쥐고서 『천룡의 팔찌』를 찬 왼팔을 들어올려…….

"세실. 고대어로 말을 걸어봐. 여기 있습니다, 가지고 돌아가도 됩니까? 하고 말이야."

"예……. 으음. 〈마족, 고대 엘프, 두 용이 여기 있습니다. 묻겠습니다. 이 마력 결정을 가지고 돌아가도 될까요?〉"

〈──오래된 피의 존재를 확인.〉

〈──'어스가르스' 잔류 사념. 제2식으로 이행.〉

〈──후계자에게 말을 걸 수 있는 형태로 변화─후에─소멸.〉

목소리가 바뀌었다.
눈앞에 실루엣이 서서히 나타나기 시작했다.
던전 입구에서 봤던 그 '흑발 사람'이다.

〈──그대로 가지고 돌아가도 된다.〉

'흑발 사람'이 말했다.

〈이곳은 '그 용'의 시대, 미래를 믿고서 만든 것이다. 아직 순수했던 '그 용'의 마력 결정이다.〉
"그 용?"
〈고대 엘프는 미래를 걱정하여, 마족은 아직껏 미숙한 인간들을 생각하여 '그 용'에게 자비를 구했다. 인간이 자유롭게 살아갈 수 있도록 마력을 남겨 달라고.〉

'흑발 사람'은 내 물음에 답하지 않았다.
그저 정해진 말만 할 수 있는 듯했다. 말 그대로 '잔류 사념'이다 이 말인가?

〈이 땅을 아는 존재는 마족, 고대 엘프, '그 용'뿐.〉

'흑발 사람'이 말했다.

〈그러나 그 용은 우려했다. 인간이 이세계에서 용사를 불러낸 것을. 용사의 힘은 상궤에서 벗어난 것. 만약에 용을…… 죽일 수 있을 만한 힘을 갖고 있다면…… 이 결정은…….〉

목소리가, 떠듬떠듬 들리기 시작했다.

〈인간이 용보다, 더 강해진다면…… 이 결정체로, 용을 구해 다오…….〉

〈……이 마력 결정을…… 인간을 지배하고 싶어 하는 자에게 주면…… 그자는 마왕이 되고 만다……〉

〈……만약 그 용이 배신당하여…… 타락하거든…… 이름을 불러…….〉

〈……용은 이 세계에 필요…… 인간을 다스리는 왕이…… 겸 손할 수 있도록. 자신들보다도 거대하고…… 손에 닿지 않는 존

재가 있음으로써…… 거만해지지…… 않도록…….〉

〈……적어도 부디…… 모든 용이 자애로운 인간과, 친구가 되기를…….〉

……그 말을 끝으로 목소리가 끊어졌다.

과연.

다시 말해 이 마력 결정은 '그 용'……'어스가르스'라 불리는 존재가 아직 미약했던 인간이 사용하도록 남겨준 것이다 이 말인가?

그러나 당시 인간은 이세계에서 용사를 불러들였다. 그런데 그 용사가 너무 강해서 생명의 위험을 느끼게 됐다.

그래서 만약에 미래에 용이 약해지거든 이 마력을 용에게 주길 바란다는 건가?

"……인간을 지배하고 싶어 하는 자에게 주면 그자는 마왕이 된다……."

무섭네~.

이 마력 결정에는 강력한 마력이 담겨 있는 것 같긴 하니까.

"모두의 의견을 들려주겠어?"

나는 일행들 쪽으로 시선을 돌렸다.

"우리는 이 던전을 클리어했으니 이 마력 결정을 마음대로 사용할 권리가 있어. 그래도 용한테 주는 편이 낫다고 하네. 우리가 아는 용이라 하면 '해룡 케르카톨'이랑 '천룡 브란샤르카'가 있잖아. 근데 '해룡 케르카톨'은 충분히 강해."

"나기 씨, 잠깐만요."

레티시아가 손을 들었다.

"'해룡 케르카톨'은 알겠습니다. 근데 '천룡 브란샤르카'와는 언제 만났던 거죠?"

"어라? 말을 안 했던가?"

"듣지 못했어요."

그런가?

레티시아가 우리와 늘 함께 하고 있어서 말을 한 줄 알았다. 설명이 부족했구나.

"'천룡 브란샤르카'와는 여행하던 도중에 어쩌다가 만났어."

"어쩌다가?!"

"게다가 그 알은 팔찌가 되어 내 팔에 채워져 있지."

"이제 알겠어요. 그 아이가 바로 '죽음을 고하는 아홉 공주들'의 아홉 번째 구성원인 시로 씨군요. 설마 천룡인 줄은 몰랐어요……."

"미안해. 설명이 부족해서."

"아뇨, 말하지 않은 게 현명했다고 봐요."

레티시아가 곤혹스러운지 머리를 긁적였다.

"지척에 천룡이 있다는 걸 알았다면 냉정을 유지하지 못했을 거예요."

"응. 그래서 그 천룡…… 시로 말인데 아직 알 상태야. 마력이 축적되길 기다리고 있지. 그래서 여기 있는 결정체의 마력을 사용하면…….”

“알겠어요. 다시 말해 이 세계를 구원…….”

“같이 놀기도 하고, 온천에도 가고, 소풍도 갈 수 있을 거야.”

“…………예?”

“엥?”

어라? 레티시아, 왜 그렇게 의아해하는 거야?

세실과 라필리아는 납득했다는 듯 고개를 끄덕이고 있다.

시로의 ‘엄마’ 리타와 아이네, 이리스는 눈빛을 반짝이고 있다.

커틀러스도 시로를 알고 있는지라 동료가 늘어난다는 그 말에 반가워했다. 레기도 ‘참 귀여운 애였지~. 옷을 어떻게 입힐지 벌써부터 기대가 되는구나’ 하고 기뻐하고 있고.

“푸……후후. 하하하하핫.”

“레티시아, 왜 그래?”

“아, 아뇨. 새삼스레 나기 씨는 이런 사람이었지 싶어서요.”

“……혹시 칭찬하는 거야?”

“물론이에요. 그리고 전 이 마력 결정을 시로 씨한테 주는 데 찬성이에요.”

레티시아가 손을 들었다.

다른 일행들도 모두 찬성이다. 그럼 괜찮겠지.

“……일어나, 시로. 밥이야.”

〈…………음냐. 아빠……?〉

“옛 용이 시로한테 유산을 남겨 줬어. 먹을 수 있겠어?”

〈……응. 마력이 아주 깨끗해. 내 마력은 아니지만 먹을 수 있

을 거야.〉

"그래? 그럼 어서 먹도록 해."

〈응! 알겠어!〉

『천룡의 팔찌』가 빛났다.

시로의 이름처럼 새하얗고 아름다운 빛이다.

그 빛이 『고대의 마력 결정』을 휩쌌다. 오렌지빛이 시로가 내뿜고 있는 '하얀 빛'으로 바뀌더니 서서히……『천룡의 팔찌』로 빨려들었다.

수분쯤 지났을까?

어느새 『고대의 마력 결정』에서 빛이 사라졌다.

투명해진 결정이 탁해지고 금이 가더니 툭, 하고 쓰러져……부서졌다.

〈……맛있었어…….〉

"시로, 느낌이 어때?"

〈…………태어날 것 같아.〉

시로가 툭 말했다.

"""""""〈어?〉"""""""

〈시로…… 태어날 것 같아 이 세계에…….〉

"모두, 이 던전에서 나가자! 돌아가거든 물을 끓이고, 입힐 옷을 꺼내서 시로가 태어날 준비를 하는 거야!"

"""""""〈알겠습니다!!〉"""""""

그런 연유로…….

우리는 황급히 '수수께끼의 던전'을 떠났다.

"내 스킬은 『능력 위계 저하』야. 남은 마력을 쥐어 짜 던전의 『전이 능력』을 가까스로 낮췄지……."

던전 밖으로 나가니 야마조에가 있었다. 그 주위에는 로브를 착용한 다섯 사람이 있었다.

모두 숨을 헐떡이면서 『전이 마법진』 너머에서 우리를 노려보고 있었다.

저 녀석은 이 근방으로 전이되게끔 『능력 위계 저하』로 던전의 전이 스킬 레벨을 낮춘 모양이다. 그래서 필사적으로 산길을 다시 올라왔겠지. 대단하네.

"너, 너희들을 이대로 순순히 놔줄 수는 없어. 이 던전의 마력 결정은 우리 거야. 난 그걸 손에 넣어……."

"설마…… 마왕을 만들어 내려고?"

나는 말했다.

야마조에의 얼굴이 굳어 버렸다.

본인은 기억하지 못할지도 모르겠는데, 아까 전에 '이 퀘스트를 클리어하면 마왕과 만날 수 있다'고 했다.

그래서 줄곧 의문을 품었다.

정말로 마왕이 있다면 이 대륙에 부하나…… 중간 보스 정도는 출현할 만도 하다. 그런데도 평범한 마물밖에 출몰하지 않았다.

'해룡 케르카톨'은 마왕과 얽히지 말라고 했지만, 그 정체가 무엇인지는 말하지 않았다.

어쩌면 마왕 따윈 없거나……, 혹은 마왕이라 불리는 가짜만이 존재할지도 모른다.

그러나 용사는 있다.

야마조에가 이렇듯 『마력 결정』을 손에 넣으려고 던전을 찾아왔다.

그렇다면…….

"마왕이 없으면 용사가 존재할 이유가 없어. 왕가가 용사를 소환해야하는 이유도 없어지지. 그러니 마왕은 반드시 존재해야만 해. 왕가가 용사를 소환하고, 그 용사가 왕가를 위해 싸우도록 부추기는 명분……으로서."

"어이가 없네. 망상 좀 작작해."

"그렇겠지."

"'길드 마스터'는 『마력 결정』을 손에 넣으면 마왕과 싸울 수 있다고 했을 뿐이야. 마왕과 싸우기 위해서는 그만한 힘이 필요하겠지."

"그래서 마왕은 어딨는데?"

"왕가와 '길드 마스터'만이 알고 있어. 용사가 제멋대로 구는 것을 막기 위해서. 우리의 안전을 고려한 조치겠지."

상황 증거가 아주 확실하잖아?

마왕이 없으면 용사는 필요 없다.

그러나 용사는 귀족과 왕가에게 아주 편리한 도구다. 강력한 힘을 갖고 있기도 하고, 『계약』을 걸어 두면 통제할 수 있고, 귀족을 억누르는 데도 사용할 수 있다.

마왕이 존재한다는 말만 살짝 흘리면 손쉽게 용사를 조종할 수도 있다.

사실은 마왕은 존재하지 않고, 왕가와 '하얀 길드'가 그런 방식으로 용사를 조종하고 있는 거라면…….

"야마조에가 진정 대적해야 할 상대는 내가 아니라 왕가나 '하얀 길드'라고 봐."

나는 말했다.

"당장 왕궁으로 돌아가 마왕이 있는지 왕한테 물어봐야 해. 납득할 수 있는 설명을 해준다면 나도 도와줄 수 있는 부분이 있을지도 모르니……."

"시끄러워!"

야마조에가 외쳤다.

"난 이미 조직의 일원이야. 조직 내 랭크를 올려서 최상위 용사가 되기로 결심했어! 이걸 봐! '길드 마스터'는 오직 내게만 소환용 아이템을 주셨어!"

그 녀석이 말과 함께 내민 팔에는 검은색 팔찌가 채워져 있었다.

일그러진 나선형 모양이고, 표면에는 검은 수정이 박혀 있다.

"……'모습을 보여주십시오. 길드 마스터'!"

"모두 물러나!!"

야단났다.

'길드 마스터'는 '하얀 길드'의 보스 캐릭터다. 배후에서 줄곧 용사들을 조종해왔다.

야마조에는 그런 인물을 이 자리에 소환할 수 있는 거냐?!

지난번 전투에서 타키모토가 그랬다. '길드 마스터는 용'이라고. 그렇다면…….

"이리스, 잠시 귀 좀 빌려줘."

"……예, 오빠."

나는 이리스에게 작전을 속삭였다. 그리고 세실에게는 던전 내 마력을 확인해 달라고 부탁했다.

만약을 위해 『천룡의 팔찌』에도 부탁을 해두고서…… 다른 일행들에게도 지시를 내렸다.

이제 남은 것은 부딪치는 일뿐.

"어쩌면 '길드 마스터'는……."

"이미 늦었어. 난 '길드 마스터'로부터 힘을 받아서 더 강력한 용사가 될 거다!"

공기가 고오오오오, 하고 떨렸다.

야마조에의 팔찌에서 마력이 나선을 그리며 뿜어졌다.

그 중심에서 실루엣이 서서히 드러났다.

그 인물은 새하얀 로브를 걸치고 있었다.

얼굴은 후드에 가려져 있어서 알 수가 없다.

소매 밖으로 새하얗고 가냘픈 손바닥이 나와 있다. 그리고 모든 손에 반지를 끼고 있다.

"하핫! '길드 마스터'가 있으면 무서울 게 하나 없지!"

야마조에가 검을 높이 쳐들었다.

"그리고 이게 내 힘이다. 먹어랏! 『천명검파(天鳴劍波)』!!"

"오오오오옷?!"

우리는 일제히 외쳤다.

대단하다. 야마조에의 검에서 마력의 칼날이 발사됐다. 그런데 의외로 그 위력은 시시했다. 세실의 '고대어판 타력의 화살'이 마력을 앗아갔기 때문이겠지.

또한 배후에 있는 마법사들의 손에서 마법이 발사됐다. '화염구', '진공참', '석산탄'…… 그것들이 곧장 우리를 향해 날아드는데…….

우리의 환영을 스치고서 던전의 벽에 부딪쳤다.

"……하아?!"

"고마워. 이리스."

"아뇨, 아뇨. 오빠의 작전대로 했을 뿐이죠."

반대쪽 벽 앞에서 우리는 말했다.

물론 야마조에와 그 일행이 공격한 것은 이리스가 『환영 무대』로 만들어 낸 환상이었다.

리타가 야마조에 일행의 인기척을 미리 감지한 덕분에 대책을 미리 세울 수 있었다.

"그리고 '길드 마스터'의 정체도 알아두고 싶었거든."

야마조에가 팔찌로 소환한 '하얀 로브의 사람'은 아직 그 모습을 완전히 드러내지 않았다.

그 사람도 마치 환영처럼 허공에서 어른어른 흔들리고 있다.

"세실, 리타. 저 사람은 실체야? 아니면……."

"마력으로 몸을 만들어 낸 것 같아요. 핀 씨처럼요."

"굉장히 불온한 느낌이 들어. 적어도 인간은 아니네."

"너, 너희들. '길드 마스터'께 그 무슨 무례냐!!"

야마조에가 또 검을 쳐들었다.

그러나 늦었다. 우리의 콤보는 이미 시작됐다.

"고대의 유적에 공격을 하다니 부끄러운 줄 알아요!"

레티시아가 한걸음 앞으로 나와 외쳤다.

"모든 마력을 투입하겠어요! 발동!『강제 예절』!! 인사드리겠어요오오오오오!!"

그리고 레티시아가 고개를 정중히 숙였다.

마력이 줄어든 야마조에와 피곤에 찌든 마법사들은 저항하지 못했다.

레티시아의 행동에 이끌린 것처럼 그들 역시 고개를 깊이 숙이더니…….

"좀 얌전히 있어라, 마법사들아."

"푹 자도록 해."

"예. 슬라임 씨로 단단히 묶어둘게요오."

리타가 주먹으로 마법사들을 가격했다.

아이네는 대걸레로 기절시켰다.

라필리아는 사역마 '엘더 슬라임'으로 움직임을 봉쇄했다.

그리고 마지막으로 남은 야마조에는…….

"강적인 것 같으니 가만히 좀 있지 말입니다!『호 · 중단 순격(캔슬링 실드 차지)』!!"

콰앙.

커틀러스가 『호 · 중단 순격』으로 날려 버렸다.

야마조에는 바닥을 구르더니…… 일어서지 못했다.

『호·중단 순격』은 상대의 행동을 잠시 '날려 버린다.' 움직였더라도 움직이지 않은 것으로 간주한다.

"이, 이게 뭐야. 웃기지 마아아아아아아!!"

야마조에가 몸을 부들, 부들 떨었다.

"이상하잖아!! 난 용사란 말이야! 난 '길드 마스터'의 선택을 받은 용사라고!!"

"그래? 난 평범한 사람이야."

"……뭐라?!"

"난 이 세계의 사람들한테서 도움만 받으며 살아온 평범한 사람이야. 그래서 용사가 아주 무서워. 그 정체를 알아내고서 대책을 마련해 두지 않으면 무서워서 견디질 못하겠어. '길드 마스터'의 정체를 알고 싶은 것도 그 때문이야."

"멍청한 소리!! 저 분은 우리보다 위에 계셔. 감히 윗전의 생각을 헤아린다느니, 대책을 마련하겠다느니! 아직도 그런 무례한 생각을 버리질 못한 거냐, 넌!!"

야마조에가 바닥 위를 구르며 '길드 마스터'를 가리켰다.

"난 마왕을 쓰러뜨리고서 진정한 용사가 될 거다! 그러니 힘을 보여주십시오, '길드 마스터'!!"

〈오오오오오오오오오!〉

'길드 마스터'가 소리를 높였다.

〈제281퀘스트를 실행하라. 제5영역 아이템. 그에 준하는 용사 소환. 소환은 이미 실행되었고 그자한테 이 땅의 『마력 결정』을 건넨다. 그러면 종국에는 마왕을 쓰러뜨릴 수 있으리라.〉

'길드 마스터'의 몸에서 마력의 바람이 쏟아져 나왔다.

몸을 옴짝달싹 못할 정도로 바람이 강력하다. 그런데도 '길드 마스터'의 후드는 펄럭이지 않았다.

그 얼굴이 보이지 않는다. 어떤 표정을 짓고 있는지도 전혀.

"봐라! 이게 길드 마스터의 힘이야!"

야마조에가 팔을 벌리고서 외쳤다.

"난 마왕을 쓰러뜨리고서 진정한 용사가 될 거야! 그리고 모두한테 인정받아⋯⋯."

〈이 땅의 마력 결정은 마왕을 탄생시킨다. 소체는 이미 준비되어 있다.〉

공기가 얼어붙은 듯했다.

〈용사와 마왕은 영원히 싸우는 게 좋다. 그것이 인간의 바람이겠지. 오래된 용을 죽였을 정도니 너희들은 그것을 바라고 있겠지. 왕과 영웅에 반대하는 자들을 악마라고 몰아세울 수 있는 세계를 만드는 것을. 그렇다면 이 세상이 끝날 때까지 거듭하도록 해라.〉

"⋯⋯그, 그렇지. '길드 마스터'의 말씀이 맞아!"

야마조에, 야, 인마.

"저 분의 말씀 속에는 우리가 모르는 깊은 의미가 담겨 있는 게 틀림없어! 분명 그럴 거야. 아니라고 말하려거든 증거를 갖고 와!"

"……야마조에, 너, 그렇게 돼도 좋은 거냐……?"

나는 바람에 저항하면서 어떻게든 이리스 곁으로 다가갔다.

이리스는 바닥에 주저앉으면서 나를 보고는 고개를 끄덕였다.

"……오빠가 예상했던 대로네요."

이리스가 사용하고 있는 스킬은 『용종 초월 공감(드래고닉 엑스 심퍼시).』

용과 의식을 일치시키는 스킬이다.

"저 '길드 마스터'님의 정체는…… 용입니다! 대지를 달리는 용, 그런 이미지가 느껴져요. 또한 여기서 말하고 있는 저건 본체가 아니라 마력으로 만들어 낸 가짜겠죠! 그저 긴급할 때 사용하는 무기입니다!"

"알겠어. 고마워!"

지난번에 싸웠던 타키모토가 그랬다. '길드 마스터'는 용이라고.

그리고 야마조에 일행은 이 시설을 알고 있었다.

그렇다면 '길드 마스터'의 정체는 이 시설과 관련이 있으면서도 우리가 모르는 용이라고 봐야 한다.

만약에 그 용이 왕가와 관련이 있다면…….

"'길드 마스터.' 당신의 정체는 왕가에 살해당한 오래된 용의 잔류사념. 이름은 대지를 달리는 용…… 아니, '해룡 케르카톨',

'천룡 브란샤르카'와 같은 정식 이름으로 말하자면⋯⋯."

나는 '하얀 로브를 입은 사람'에게 말했다.

"당신의 이름은 '지룡 어스가르스'야. 내 말 틀렸어?!"

〈——〉

"그래서 야마조에가 이곳을 알고 있었던 거야. 그야 그렇겠지. 이곳은 당신이 만든 시설이니까. 당신이 야마조에 일행을 이곳에 보낸 이유는 '천룡 브란샤르카'가 부활했음을 느껴서인가? 어째서 당신은 살해당했지? 어째서⋯⋯ 이 세계는 이토록 블랙한 거야?"

〈—이 몸은—〉

"'길드 마스터'?! 왜 그러시는 겁니까?! 적을 어서 쓰러뜨려 주십시오!!"

〈—진정한—나는—〉

'길드 마스터'가 꼼짝도 하지 않았다. 마치 무언가를 떠올려내려고 안간힘을 쓰는 것처럼.

"——시로. 마력을."

나는 『천룡의 팔찌』를 만지며 말했다.

"아까 받았던 마력으로 살짝 부딪쳐 봐. 저 사람이 자신의 정체를 떠올릴 수 있도록."

〈알겠어—— 흡!〉

슈우——.

팔에 차고 있는 『천룡의 팔찌』에서 빛이 흘러나왔다.

아까 받았던 마력과 시로가 원래 갖고 있던 마력.

그것이 '길드 마스터'가 일으킨 바람을 막아 냈다.

시로의 마력이 '길드 마스터'를 감싸고는 부드러운 물결처럼 공간을 채워 나갔다.

그리고…….

〈──떠올랐다.〉

까랑.

야마조에의 팔에서 팔찌가 떨어지더니…… 부서졌다.

'길드 마스터'가 후드를 벗자 그 얼굴이 훤히 드러났다.

하얀 피부.

검은 머리.

금색 눈동자.

이곳에서 우리를 맞이해 준 바로 그 '흑발 사람'이었다.

〈──내 이름을── 내가, 누구였는지를──〉

'길드 마스터'가 우리를 보고 웃었다.

〈──이 몸은 인간을, 대단히── 좋아──〉

그리고…… 그 말만을 남기고서 사라져 버렸다.

"역시 '길드 마스터'의 정체는 오래된 용이었구나."

"시로 씨의 마력과 접촉한 덕분에 자신의 정체를 떠올린 거네요."

"시로 짱의 공이야. 어서 집으로 돌아가 환영 준비를 하자."

나와 세실과 리타가 얼굴을 마주하고서 속닥거렸다.

이리스와 라필리아도, 레티시아와 커틀러스도 당연하다는 듯 고개를 끄덕였다.

"넌 대체 뭐야아아아아아아아아!"

아, 야마조에가 열 받았다.

"어째서 내가 모르는 걸 알고 있는 거냐! 어떻게 우리를 이긴 거냐?! 국왕 폐하께서 내쫓은 쓰레기 주제에! 용사도 되지 못하는 밑바닥 인생인 주제에에에?!"

……응. 이제 됐어. 더 이상 말이 통할 것 같지도 않으니.

"슬슬 가볼까, 세실."

"그래야겠네요. 던전의 마력이 다시 움직이기 시작했으니까."

세실이 천장을 보고서 말했다.

"시로 씨의 마력 때문에 이 던전의 방어 장치가 재기동했어요."

불현듯 넓은 방에서 소리가 울렸다.

〈──던전──미클리어자가──던전을──공격했음을── 확인──〉

〈──추방──기억 말소를──실시한다──〉

"다들, 통로 안으로 돌아와!"

나와 세실, 리타, 아이네, 레티시아, 이리스, 라필리아, 커틀러스는 『전이 마법진』이 있는 방에서 통로 안으로 돌아갔다.

그러나 야마조에는 발밑에 있는 『전이 마법진』을 알아차리지 못했다.

저 녀석은 전이해 온 것이 아니다. 더욱이 『전이 마법진』은 재기동하기 전에는 드러나지 않는다.

그 결과…….

"어, 어째서…… 내 『능력 위계 저하』가…… 통하질…….".

야마조에는 아직 『호·중단 순격』의 효과를 받고 있다. 그래서 저항할 수가 없었다.

슈웅.

야마조에와 그 동료들이 어디론가 사라졌다.

무기와 갑옷, 그 밖에 아이템들을 던전에 남겨 두고서.

"그리고 보니 저 녀석, 어디로 날아갔을까?"

"핀이 말하기를 이 마법진은 여러 곳과 이어져 있다고 하지 말입니다."

커틀러스가 바닥의 마법진에 손을 대면서 말했다.

"분명 왕궁 쪽으로 가지 않았을까 싶지 말입니다."

그렇게 됐나.

그럼 당분간 만날 일도 없겠지. 우리도 잊어버릴 테고.

〈……아빠, 서둘러. 시로, 곧 태어날 것 같아~. 아빠…….〉

『천룡의 팔찌』에서 또 소리가 들렸다.

"모두들 어서 전이 준비를 하자! 집으로 돌아가는 거야!"

그리하여…….

핀에게 급히 『전이 마법진』을 기동해 달라고 부탁하고서 우리는 숲의 광장으로 되돌아갔다.

그곳에서부터는 정말로, 힘들었다.

리타를 수인의 마을로 달려가게 해서 말을 빌리고…….

나와 세실과 아이네가 먼저 말을 타고서 흔들리지 않도록 주의하면서 황급히…….

리타는 『완전 짐승화(비스트 모드)』되어 그 뒤를 따르고…….

그날 중에 우리는 휴양지 미슈릴라의 별장으로 돌아갔다.

"물, 물, 어서 물을 끓여야 해!"

"예. 나기 님, 화력이 부족하니 고대어 마법…… 화염구…….."

"세실, 안 돼! 집을 잿더미로 만들 셈이야! 화염의 화살을 써!"

"리타 씨야말로 진정해! 아직 물도 길러오지 않았어!"

도착한 뒤에도 큰 소동이 또 벌어졌다.

나는 뒤늦게 오고 있는 이리스 일행에게 연락을 취하면서 물을 끓이는 데 가까스로 성공했다. 그 물을 커다란 통에 담고서 거실에서 기다리고 있으니…….

쿠션 위에 놓여 있는 『천룡의 팔찌』에서 빛이 넘쳐났다.

알에, 균열이 일었다. 틈새에서 농밀한 마력이 흘러나왔다.

그리고…….

"시로! 탄생했어──!!"

자그마한 시로가 그곳에 있었다.

당연하다는 듯이. 줄곧 가족으로서 그곳에 있었던 것처럼.

물론 알몸이고, 지난번에 나타났을 때와 몸집이 똑같다.

"오랜만이야, 아빠! 엄마~아아앗?!"

첨벙.

"자, 시로 짱. 몸을 씻자."

"리타 엄마가 깨끗하게 씻어줄게."

"기, 기회를 놓쳤어요!"

아이네와 리타가 시로를 안아 올려 대야 안에 넣었다.

뜨거운 물속에서 마력 결정이 사라락 떠올랐다. 시로가 흡수했던 '고대 마력'의 잉여분이다. 그것이 빛나는 입자가 되어 방 안을 떠돌고 있다.

신비로운 광경이다.

역시 시로는 천룡이자 신화적인 존재가 맞구나…….

"아빠. 안아줘!"

"예, 예."

어린 아이인 건 변함없긴 하지만.

"시, 시로 짱. 다음에는 내 차례야."

"나도."

"아이네도!"

"응, 리타 엄마. 세실 씨. 아이네 엄마!

시로가 활짝 웃었다.

리타와 아이네도 웃고 있다. 그러나 세실은 조금 불만스러운 듯했다.

"저기…… 시로 씨."

"왜애? 세실 씨!"

"나, 나도 '세실 엄마'라고 불러주면 안 될까요?"

"음~. 지금은 무리?"

시로가 고개를 갸웃거리고는 의아해하는 세실의 얼굴을 올려다봤다.

"세실은 이제 다른 아이의 엄마이니까! 시로가 첫 번째가 되어서는 안 되잖아!"

""…………어?""

나와 세실은 마주 봤다.

어?

혹시…… 그 말은. 아니, 너무 빠르다.

나와 세실이 그걸 한 지 아직 얼마 지나지 않았는데.

"시로는 천룡이라서 그런 걸 알아. 세실 씨, 머지않아 엄마가 될 거야!"

"야단났네!"

"어서 물을 끓여야 해!!"

리타와 아이네가 부리나케 달려나갔다. 아니, 아니, 너무 성급하잖아.

나와 세실은 자연스레 손을 잡고서 서로의 눈을 쳐다봤다.

시로는 천룡이라서 '그런 걸' 아는지도 모른다. 생명과 관련된 그 무언가를.

그렇다면 틀림없겠지.

세실의 몸속에…… 저기, 내 아이가…… 있다고.

"이, 일단."

"그러네요. 약속한 바가 있으니까요. 레티시아 님께 연락해야 겠어요."

우리의 첫 번째 아이는 레티시아가 이름을 붙여주기로 했다.

요전에 그런 약속을 나눴었지.

더욱이…… 리타와 아이네의 모습을 보니…… 숨기려야 숨길 수도 없을 것 같다.

"그, 그렇게 됐으니…… 으음."

세실이 등을 쭉 펴고서 나에게 고개를 깊이 숙이더니…….

"아, 앞으로도 잘 부탁드립니다. 나기 님."

"잘 부탁해. 세실 엄마."

"읏. 으으윽!!"

세실이 가슴을 부여잡으며 화들짝 놀랐다.

"아, 아이 참. 나기 님이 말씀하시니 파괴력이 엄청나잖아요, 저…… 전."

울먹이는 세실의 머리를 쓰다듬고서, 안아주려고 다가온 시로의 등을 쓰다듬었다.

무슨 영문인지 리타와 아이네는 황급히 물을 끓이기 시작했는데…….

그러는 사이에 이리스, 라필리아, 레티시아, 커틀러스가 돌아왔고…….

시로의 탄생, 그리고 또 다른 탄생에 관한 소식을 나머지 일행에게 전한 뒤 우리의 퀘스트가 마무리됐다.

작가 후기

안녕하세요. 센게츠 사카키입니다.

「이세계에서 스킬을 해체했더니 치트급 아내가 증식했습니다」 9권을 구입해 주셔서 감사합니다.

독자 여러분 덕분에 「치트 아내」도 9권까지 나올 수 있었습니다. 이다음에는 드디어 권수가 두 자리에 돌입합니다. 진심으로 감사합니다. 그리고 앞으로도 잘 부탁드립니다.

이번 권에서는 수인 마을에서 벌어진 사건을 주로 다룹니다.

어떤 사정으로 수인 아이를 구하게 된 나기 일행.

그리고 도착한 수인 마을에서 과거의 자신과 마주하게 되는 리타.

치트 캐릭터로서 싸워야 할 때는 확실히 싸우는 그녀.

그런 리타가 전투 끝에 찾아낸 '소원'은……?

그리고 이번 권의 전체 분량 중 30퍼센트 정도는 새롭게 집필하여 추가한 것입니다.

수인 마을에서의 전투를 마친 뒤 어느 곳에서 벌어진 '총력전' 이야기 바로 그것입니다.

그 결과, 전투 끝에 눈을 뜨게 되는 그녀는…….

나기의 책략과 아내들의 치트 스킬이 번뜩이는 9권을 꼭 읽어봐주세요.

「소설가가 되자」에서 「치트 아내」의 WEB판도 계속 연재하고 있습니다. 그 밖에도 여러 이야기(이세계에서 여자애와 의남매가 되어 나라를 세우는 이야기 등)를 쓰고 있으니 꼭 놀러와주세요.

그럼 마지막으로 감사 인사를 올리겠습니다.

서적판을 읽어주신 여러분, 늘 WEB판을 읽어주시는 여러분, 정말로 감사합니다. 여러분들의 성원 덕분에 「치트 아내」가 9권까지 나올 수 있었습니다. 모쪼록 앞으로도 잘 부탁드리겠습니다.

일러스트를 맡아주신 토자이 님, 이번에도 멋진 일러스트를 그려주셔서 감사합니다. 9권에서는 각별히 보고 싶었던 장면이 일러스트로 그려져 아주 기뻤습니다.

만화판을 맡아주신 카타세 미나미 님, 등장인물들을 매력 있게 그려주셔서 정말로 감사합니다. 만화판을 늘 기대하고 있습니다.

편집자 K님. 늘 신속하게 응답해 주셔서 감사합니다. 걱정을 달고 사는 작가입니다만, 앞으로도 잘 부탁드리겠습니다.

마지막으로 이 책을 구입해 주신 모든 분들께도 최대한의 감사를 올립니다.

　이 이야기가 마음에 드셨다면 다음에도 꼭 만나 뵐 수 있기를 바랍니다.

센게츠 사카키

ISEKAI DE SKILL WO KAITAI SHITARA CHEAT NA YOME GA ZOUSHOKU SHIMASHITA
Vol.09 GAINENKOUSA NO STRUCTURE
©Sakaki Sengetsu, Touzai 2019
First published in Japan in 2019 by KADOKAWA CORPORATION, Tokyo.
Korean translation rights arranged with KADOKAWA CORPORATION, Tokyo.

이세계에서 스킬을 해체했더니 치트급 아내가 증식했습니다 9

2023년 12월 15일 1판 1쇄 발행

저　　　　자	센게츠 사카키
일 러 스 트	토자이
옮 긴 이	박춘상
발 행 인	유재옥
이　　　사	조병권
출판본부장	박광운
담 당 편 집	정지원
편 집 1 팀	박광운
편 집 2 팀	정영길 조찬희 박치우 정지원
편 집 3 팀	오준영 이해빈 이소의
디자인랩팀	김보라 박민솔
디지털사업팀	박상섭 김지연 윤희진
라이츠사업팀	김정미 맹미영 이윤서
영업마케팅팀	최원석 박수진 박소연
물 류 팀	허석용 백철기
경영지원팀	최정연
인쇄제작처	㈜코리아피앤피
발 행 처	㈜소미미디어
등　　　록	제2015-000008호
주　　　소	서울시 마포구 토정로222, 403호 (신수동, 한국출판콘텐츠센터)
판매 및 마케팅	(070) 8822-2301

ISBN 979-11-384-8088-8 04830
ISBN 979-11-384-0856-1 (세트)